アイデンティティ

身份

Jidi MaJia

吉狄馬加

渡辺新一 訳

思潮社

アイデンティティ

吉狄馬加
渡辺新一訳

思潮社

目次

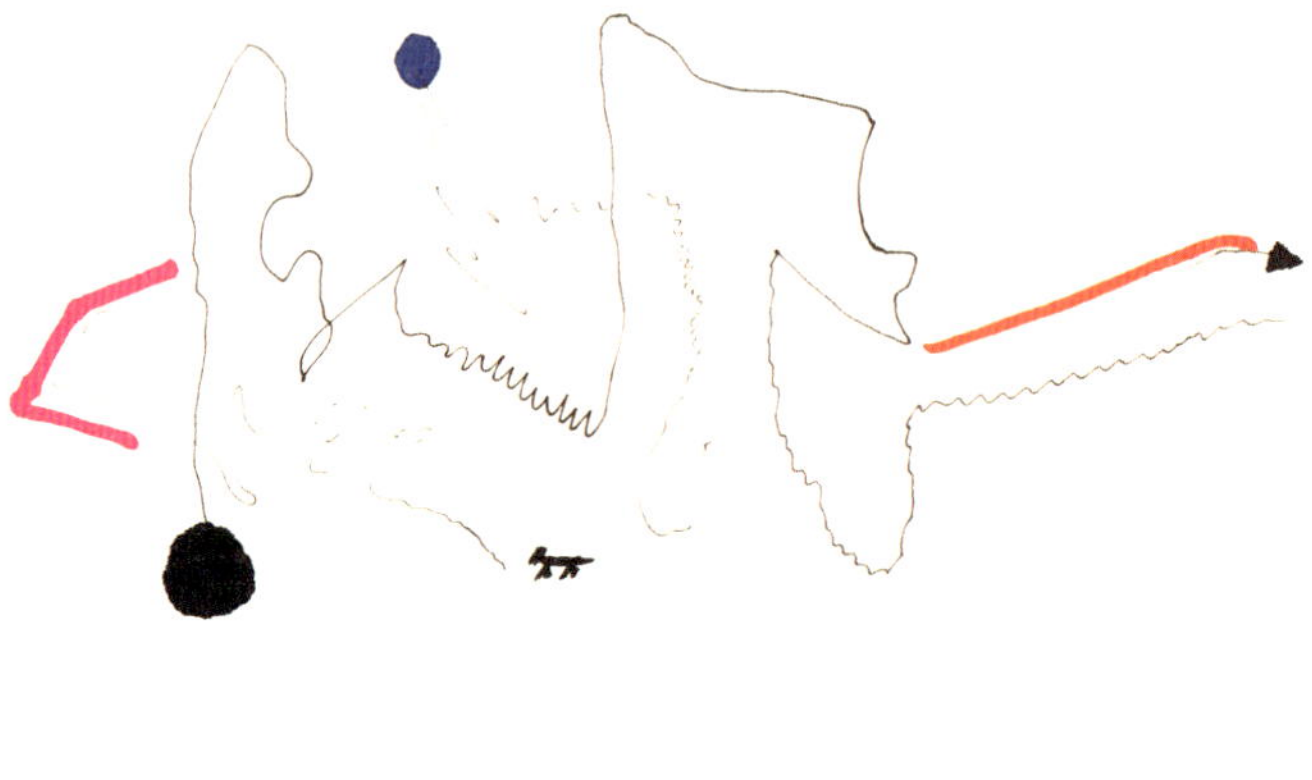

无题之一　2017.2.15

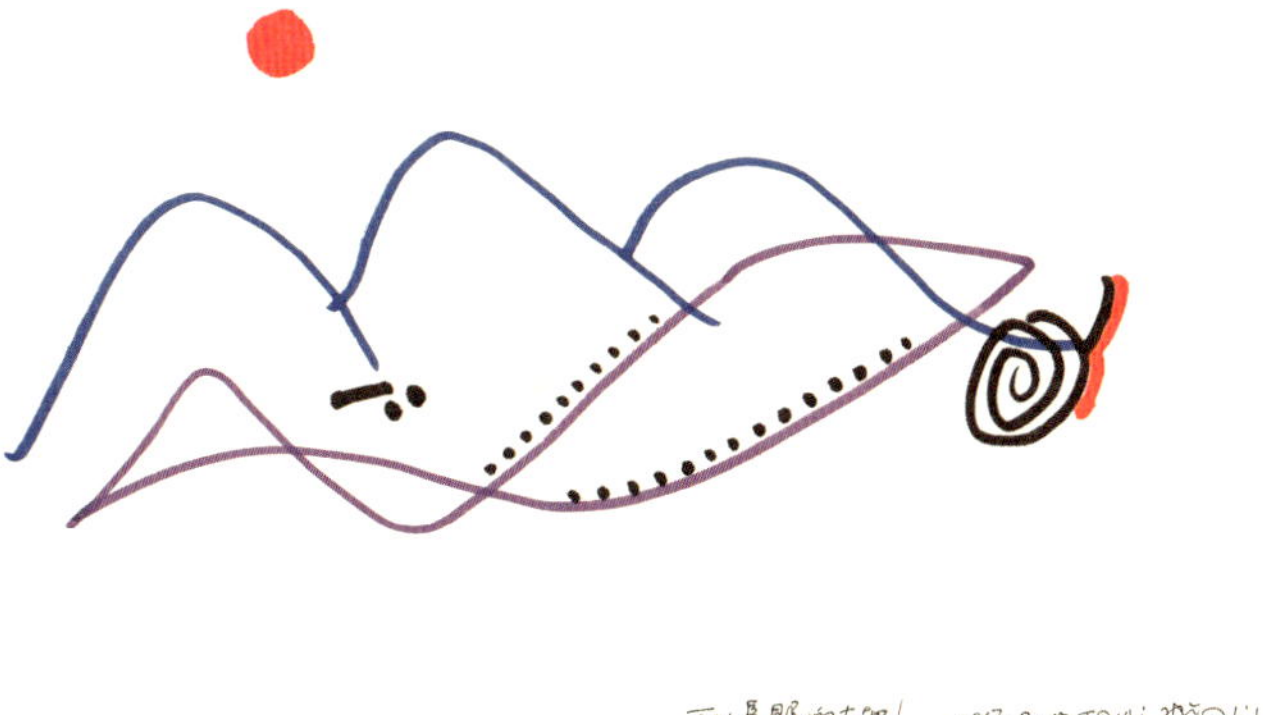
2017.2.15

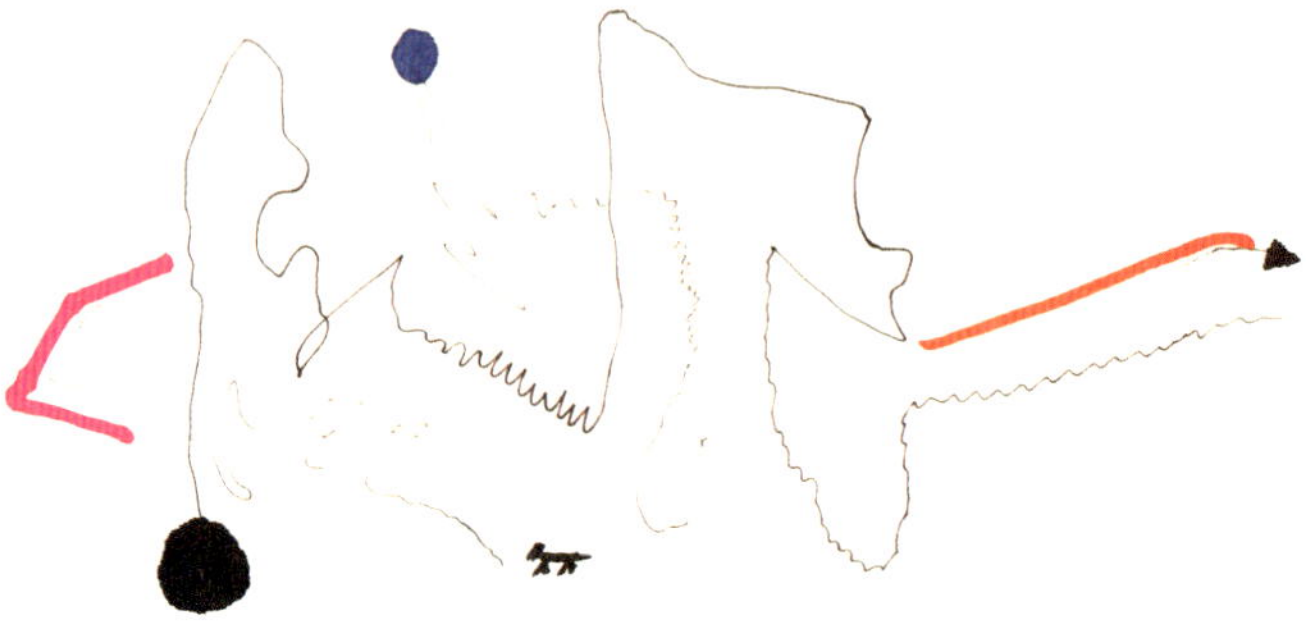

无题之一　2017.2.15　JDMj 吉狄马加

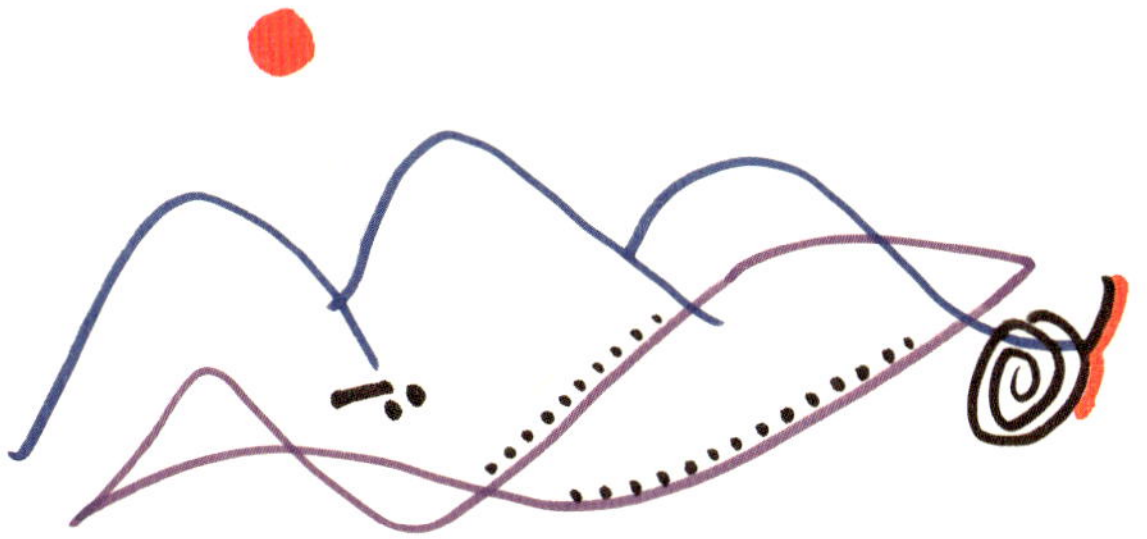

可以長眠的土地　2017.2.15 JDMj

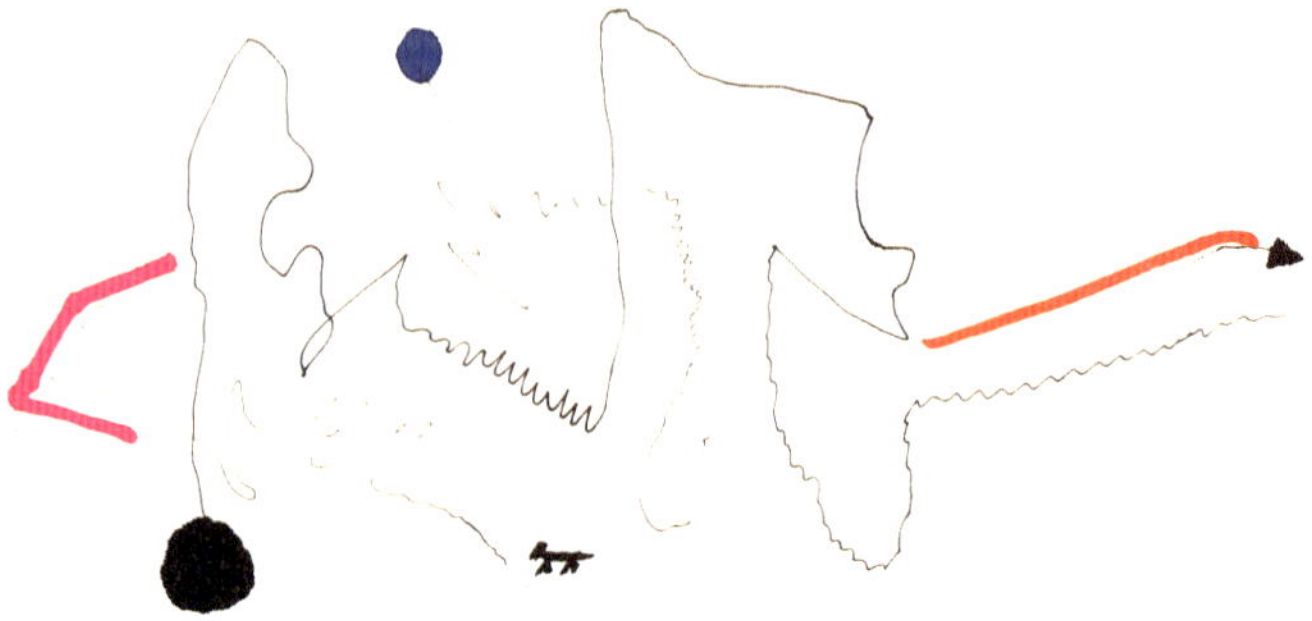

无题之一　2017.2.15　JDMj 吉狄马加

なお、原書にある注はそのまま訳出し、訳者の付した注は（　）内にいれた。原書にある注に書き加えたところもある。

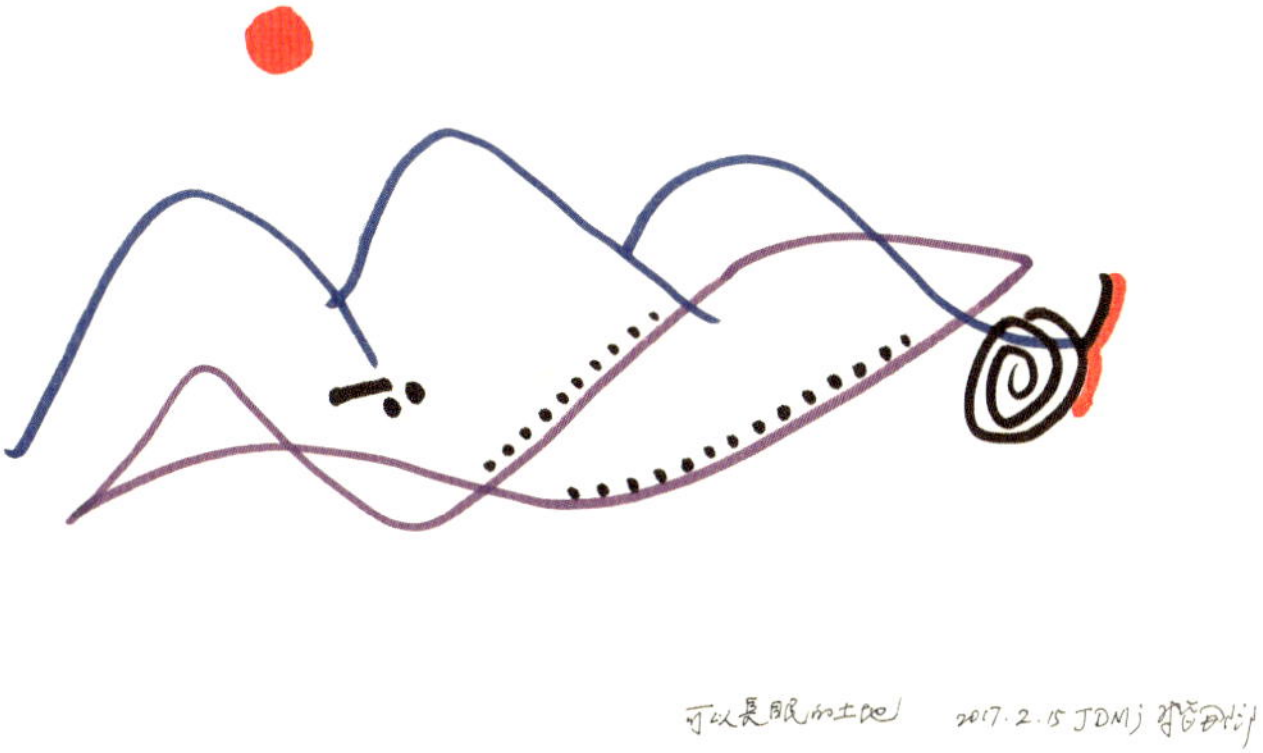

挿画＝著者

アイデンティティ

吉狄馬加

日本の読者へ

吉狄馬加

わたしの詩集『身分―アイデンティティ』の日本語版が日本の思潮社から出版されることになった。まことに嬉しい。訳者の渡辺新一氏はこの詩集を日本語に訳す作業の最終段階で、詩の背後にある文化的背景を理解するために、わたしと共に労苦を厭わずわたしの故郷である四川省彝族居住区を訪れたことがある。それははなはだ難儀な旅程で、高く険しい山道を経てようやくわたしの先祖が住んでいた山村、彝語でいう吉勒布特に着いた。山々の奥深い場所で、言うまでもなく訪問者はほとんどおらず、この土地から外地に出て行った人でさえ戻る機会はそう多くはない。この地を訪れた外国人がどれほどいたのかはっきりしないが、渡辺氏は間違いなくこの地を訪れたはじめての日本人であると言える。その移動の旅は険しい山道が長々とつづき、加えて急勾配の道にはいたるところに陥没があって、とても道とは呼べないところが多くあった。われわれは土地の事情をよく知っている運転手にすべて任せて行くしかなかった。朝早く彝族自治州の首府の西昌を出発し、夕方になってようやく目的地に着いた。二〇〇キロ近く、八時間はかかったことになる。その道中の辛さはいかばかりだったかとおもう。われわれの乗ったトヨタのジープは一度も故障することはなかったが、至る所にころがる大小の石に触れて車は絶えず悲鳴を発し、われわれは肝を冷やすこと頻りだった。その緊張を和らげるために、わたしは絶えず彼に彝族文化について興味のある話題をなげかけるしかなかった。道中、わたしは遠慮がちに氏に尋ねてみた。このような旅は何年もの間経験したことはなかったのではないでしょうか？　彼はこたえた。じつは、九〇年代はじめに詩人の何其芳のふるさとである万県の山岳地帯に行ったことがありますが、あのときの山道に比べてここの道ははるかに険しく、すごいです。わたしは彼のプレッシャーを少しでも軽減しようと、しばしば彼に話しかけ、こうした山道を車で行く際の安全性には自信をもっていますから安心してください、と言った。時にジープが絶壁の細い道にさしかかると、わたしはできるだけ軽やかな口調で彼に尋ねた。怖いですか？　彼は重い口を開いた。怖いです。だが、その後また尋ねると、彼はこう答えた。怖くはありません。怖がっていても何のためにもなりませんから。

そうなのだ。こうした山道では車はひたすら前に進むしかなく、バックすることはありえない。その後、わたしは氏と会話を交わすなかで、氏が決してよく旅にでる人ではなく、こうした極めて危険な山道をジープで進むという体験は今までしたことはないのだと知ることになった。わたしがなぜこうした氏との体験をここで紹介したのかといえば、この日本語版の詩集を読んでいただくことになるすべての人に、中国文化を深く学んだ学者であり翻訳家でもある氏の学問を究めようとする態度がいかに厳粛なものかを伝えたいとおもったからだ。彼のやり方は、決してたんに文字の表面だけを訳すのではなく、対象となる作品とその作品の背後にある文化伝統を全面的に理解することを最も重要なことと考えている。そうすることで、彼の訳す詩のどの一篇にも、詩人の背後にある精神が宿っている。今回の氏の四川省涼山彝族居住区への滞在時間は短かかったとはいえ、氏は彝族の古くからの文字や暦法、習慣法、それに祖先崇拝、原始宗教などを最も重要な考察の対象としていたが、これは間違いなく私の詩の解読と理解に重要な意味を有することだろう。氏は翻訳する詩人の経歴と文化背景に強い関心をもっている。それは氏が堅実な学術を背景にもつ学者であるためだとおもう。わたしは日本語を解さないが、彼に対するわたしの理解に基づき、氏の翻訳をとおして現れる日本語のわたしの詩はわたしが独特な文化をもつ詩人であることを必ず確実に現出してくれているとかたく信じている。憚ることなくいえば、中国西南の山岳地帯に暮らす一人の彝族の詩人として、わたしの詩はどれもわたしが熟知するその文化から書かれているのだ。

さて、この機会にわたし自身のことを語らせてほしい。日本語版のわたしの詩集が出版されるこの時期、中日関係はもっとも複雑でもつれた段階にあるが、これは必ずいつかは過去のものとなるとわたしは信じている。この地球で、中国と日本のように数千年にわたって文化や経済、貿易で緊密な関係をもった国はほとんど存在しない。もちろんこの長い交流のあいだには甘い蜜の時期も痛苦の時期もあったが、わたしたちは理性的に考えるべきだ。数千年にわたる中日交流史をみてみれば、より多くは友好と平和の時期であり、戦争と対立の時期は短いのだ。さらに精神的、文化的に深い次元での関係は枚挙に遑がない。それは中日両国の歴史的な文献が雄弁に物語っている。こんにち、政治家であれ作家、詩人であれ、歴史を鑑とし、重い包みを投げ捨て、ひろい度量で長期的に考えることができれば、われわれは中日友好の新しい道を切り開くことができるだろう。長い歴史からみても、目の前の現実の利益からみても、中日両国は相手を自国にとっての敵国と見なす理由は何もない。わたしたちは中日両国と民族の明るい未来のために手を携えて進もう。

中国文化と日本文化は長期にわたって相互に影響しあってきた。このことはアジアの文化交流史に興味をいだく人はだれも否定できない事実だ。中国の一詩人としての読書歴からいえば、わたしには次のような経験がある。日本文学の代表的古典である『万葉集』を読んでいたとき、日本文学の専門家から教わったことがある。それは、『万葉集』の多くの詩歌はみな漢字の発音を用いて詩の読みを記しており、それだけではなく、和語を漢字で表記したということは和歌を漢詩と同様の文学形式と見なしていたことを意味しており、こうした発音の表記法はその後の日本語による文学の発展に決定的な意味をもっていた。客観的にみて、漢字そのものは当時の日本文学にとって創作の意味そのものだった。そしてこの点からも、中日文化の交流は他の文化交流とは異なった深さがあることがみてとれる、というのだ。と同時に、わたしはふるい歴史においても近現代においても中国と日本の関係はきわめて特殊であるとおもう。前世紀初頭の中国新文化運動において思想と文化に傑出した人物は、みな日本留学の経歴を有していた。ある人の統計によれば、中国新文化運動から始まる翻訳出版物の大部分は日本語からの重訳だった。魯迅、郭沫若、郁達夫、周作人らは日本に留学し、日本語を通して大量の西洋の文学作品を中国にもたらした。これは誇張したいいかたではなく、一九世紀に西洋の学問が中国に影響をあたえた過程では、日本は中国にとって外に開かれた窓であり、特に西洋思想を学ぶためのもっとも重要な橋梁の一つだった。さらにさかのぼっていえば、明治維新後の日本社会の発展は、同じように社会制度の変革を求めていた中国にきわめて大きな思考の材料をもたらした。いかに開放と変革の精神を認識するか、いかに工業化を初めとする世界経済の構造に首尾よく入って行くか、というかたちでその影響は途切れることなく続いていた。ある意味で、現在日本の近代化とその発展方式は、同様に中国に貴重な参考とすべき実践成果を提供したのだ。

わたしはかつてあなたがたの美しい国の日本を訪問したことがあり、わたしには素晴らしく強い印象が残っている。今もよく京都の小径の洒落たバーやよく磨かれた丸い小石で作られた温泉を懐かしく思い出す。わたしは多くの場所、様々な集まりで、日本は伝統と現代がよく融合した国であり、日本民族は独自の伝統文化と生活様式においてとても自覚的に成功した人たちだ、わたしたちはこの点をよく学ぶべきだと語ってきた。一貫していだいている日本に対する真摯な想いに基づいて、わたしは平素の読書でも日本の作家、詩人の作品を多く読んでおり、今に至るも夏目漱石の『吾輩は猫である』、谷崎潤一郎の『刺青』、芥川龍之介の『河童』、大岡昇平の『俘虜記』、野間宏の『暗い絵』などがわたしにもたらした感動はいまも記憶に新しい。もちろん詩人として多くの日本詩人の作品も読んでおり、とても好きな詩人は数多い。島崎藤村、高橋新吉、大岡信、谷川雁、吉本隆明、黒田喜夫、谷川俊太郎などだ。中国作家協会の北京のビルで、中国の詩人を代表して大岡信氏と一度お会いしたことがあり、これはわたしの文学の履歴のなかでも記念すべきことの一つだ。

二〇一一年三月一一日、東日本大地震が発生し強烈な津波が襲った。すでに一万五千余人が死亡し、二千名以上が行方不明となった。わたしはこの大事故のために「日本に寄せるわたしの哀しみ」を書き、中国で最も影響力のある新聞『人民日報』の二〇一一年三月二三日に発表した。この作品は発表後、とても広範囲な反響をよび、もちろんそのなかには異なった視点からの熱い議論もあった。わたしという一人の中国の詩人、世界の公民、人道主義者として、人類が大災害に直面したときに当然有するべき感情と責任を、この詩は表現している。この短い文章を終えるにあたって、この詩の全文を以下に引くことを許していただきたい。わたしたちとあなた方、あるいは偏見をもたず人類を愛するものは誰であれ、この詩が表現している普遍的な人類の感情にこころから共感してくれるものとわたしは固く信じている。この詩は人が本来もつべき生命に対する態度と容易には変わらぬ原則を伝えているからだ。

日本に寄せるわたしの哀しみ

わたしのこころが突き刺されたこの季節
突き刺されたあの日の暗黒のとき
それは致命的な一撃
まるで幾多の矢が心臓に突き刺さった、その狙いは
我らが地球
わたしは銃弾の連続音を聞いてはいないが
地球の呻吟と泣き声は
地底の奥から、まっすぐ
我らが胸に到着した
わたしの哀しみは北緯三八・一度、東経一四二・六度
それは地球の傷口
それは目に見えぬ銃弾の
的中したところ
わたしの哀しみは大海の彼岸に
この自由の源が
広大な無数のあおい波浪を起こしても
この時刻の、人類の哀しみを

鎮める術はない
わたしの哀しみは日本に、あの桜さく国に
運命の容赦ない仕打ちが
無数の家々を襲ったとき
わたしは一本の蝋燭を点す
無くなった魂と、苦難のただなかに
身を置いている人びとのために祈る
わたしの哀しみは《源氏物語》の故郷に
地球村と原子力のこの時代
人類がこんにち直面している災難は
個人の生命の不幸だけではない
生命が蹂躙されたことにわたしは嘆息する
こうした災難がどこで起ころうとも
地球というこの星で、わたしはかつてこう考えた
一人の命ある個人として
人はなんと微弱な存在か
荒野に生える一本の草のように
暴風雨が襲来するとき
生と死の試練を幾度も経なければならない

だが生命への情熱と畏敬は
過去であれ現在であれ、あるいは未来であれ
人類の崇高なる理想だ
わたしの哀しみ、それには色はない、国境はない
わたしのなみだと同じで
大海の波しぶきのように透きとおっている
わたしの哀しみ、それは黒人の哀しみ
さらには白人の哀しみだ
わたしの哀しみ、それは空気のように普通のこと
わたしの哀しみ、それは何ら特別なことではない
人として、我らはみな同類だから

　最後に、わたしの詩が日本で無数の友人を作ってくれることを期待し、また、もう一度美しい日本国を訪問する機会があることを心待ちにしながら、私の詩集を訳してくれた渡辺新一氏、出版を引き受けてくれた思潮社にこころより感謝する。

二〇一六年五月二日

アイデンティティ

自画像

風が夕暮れの丘の上でそっと子供に告げ、
風は立ち去り、遠方に風を待つ童話が生まれた。
子供よ、お前の名を留めなさい、この地の上に、
いつかお前はきっと誇り高い死をむかえるから。
——題記

わたしはこの土地の彝族の文字で書かれた歴史
断ち切れぬ女の臍帯の嬰児だ
苦痛に満ちたわたしの名前
美しいわたしの名前
希望に満ちたわたしの名前
それは一人の糸よりの女が
数千年来育んできた
一つの男の詩
伝説の生んだわたしの父親は
男の中の男

人々は父を支呷阿魯《ジーガーアールー》と呼ぶ
老いることのないわたしの母は
この地の歌い手
深い一条の川
わたしの永遠の恋人
美しい女のなかの美しい人
人々は母を呷瑪阿妞《ガーマーアーニウ》と呼ぶ
わたしは一千回の死の
永遠に左に向いて眠る男だ
わたしは一千回の死の
永遠に右に向いて眠る女だ
わたしは一千回の葬儀のあとの
遠方から来た友情
わたしは一千回の葬儀が高潮したときの
母の喉からでた震える子音

すべてはわたしを包みこんでいるが
実はわたしは千年来の

正義と邪悪の戦いだ
実はわたしは千年来の
愛と夢の申し子だ
実はわたしは千年来の
終わらぬ一度だけの婚礼だ
実はわたしは千年来の
すべての反抗
すべての忠誠
すべての生
すべての死だ
おお、世界よ、わたしの回答を聞きたまえ
わたしーはー彝族ーだ

(支呷阿魯：彝族の神話に出る太陽を射る男で、彝族がもっとも崇拝する英雄の名。その活躍をロロ文字で記した史詩がある。)

(呷瑪阿妞：彝族の神話に出る若く美しい女性の名。)

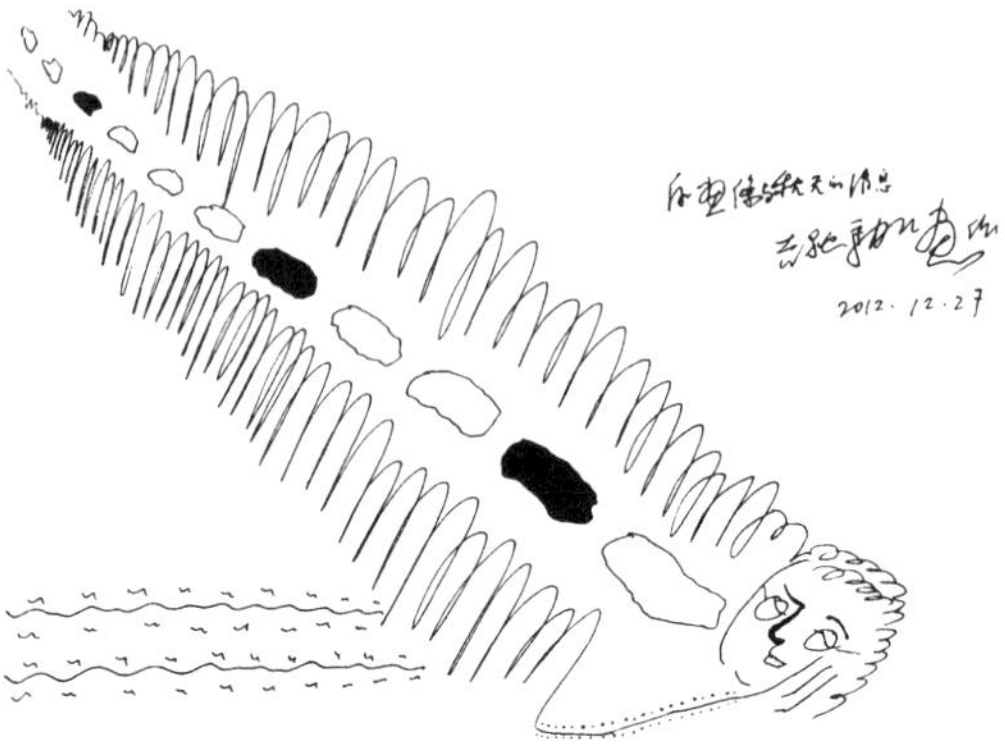

回答

あなたはまだ
吉勒布特《ジーローブートー》に続く小径を覚えているかしら？
ある日の甘たるぃ夕暮れどき
彼女が言った
わたし刺繍針をなくしたの
探すのを手伝って
（ぼくはその小径をくまなく探した）

あなたはまだ
吉勒布特に続く小径を覚えているかしら？
ある日の重苦しぃ夕暮れどき
ぼくは彼女に言った
ぼくのこころに深く刺さっているのは

あなたの刺繍針ではないですか
（彼女は思いあまって泣いた）

吉勒布特：四川省涼山《リアンシャン》彝族自治州西昌市にある邛海《チオンハイ》近くの詩人の先祖が住んでいた地名。

彝人の火

我らに血を、我らに土地を与えてくれる
あなたは人類最古の歴史よりさらに古い
我らに啓示を、我らに慰藉を
闇のなか　我が子孫に先祖の姿を見せてくれる
あなたは温情を施し、生命を慈しみ
我らに慈悲を与え　善行を教えてくれる
我らの自尊を保ち
他者の暴力から護ってくれる
あなたはタブー、あなたは呼びかけ、あなたは夢
あなたは我らに無限の喜びを与え
こころゆくまで唄を歌わせる
我らがこの世から離れるとき
あなたはいささかの哀しみも見せない

だが貧困であれ裕福であれ
あなたは我らが魂のために
永遠《とわ》の衣服をまとっている

口弦の告白

わたしは口弦です
彼女の胸元に
妙齢の少女のときから
寂しげな老女のときまでずっと掛かっています
わたしは口弦です
わたしは
彼女の心臓の傍らに眠らせてもらいます
彼女はわたしを通して
愁いと喜びを
闇夜に訴えるのです
わたしは口弦です
もしも彼女が
忽然とこの世を去ったなら

わたしも行を共にして
ついにはわたしの全てを
冷たい土のなかに混ぜ合わせます
けれど——兄弟たちよ——漆黒の闇のなかで
もしもこの地の哀しみを
感じとったなら
それはわたしが懐かしがっているのです

（口弦：幾片かの真鍮で作られた民族楽器で、形状はサカナやトンボの羽に似ている。唇と真鍮の微妙な触れ合いで哀愁を帯びたリズミカルな音色をだす。）

コントラスト

わたしには目的がない

突如太陽がわたしの背後で
ある種の危険を予告した

わたしはもう一人のわたしが
闇と時の冠を通り抜け
冷ややかな蕎麦を啜っているのを見た
気がつけばわたしの手はここにはなく
大地の黒い深みで
骨に似た花を高く掲げ
儀式中の我が部族に
先祖の魂を呼び込ませている

わたしは土塀が陽光の下で古くなり
あらゆる諺が酒のなかに埋没したのを見た
音楽のリズムが太鼓の羊皮を這い
一人の歌手が揺れる焔のような舌先で
超現実的な土壌を探しているのを見た

わたしはここにはいない、なぜならもう一人のわたしが
反対の方角へ向けて出発するから

年老いた闘牛——大涼山闘牛の故事その一

闘牛は立ち尽くしている
夕日の下で
微動だにせず
老いさらばえた頭《こうべ》を垂れて
大波に噛み砕かれた
岩礁のような
その大きな体躯
オオカミの欠けた歯のような
その無数の傷跡のついた二本の角

闘牛は立ち尽くしている
夕日の下で
まだのこる片目を

しっかりと閉じ
一群のハエが
頭の周囲を旋回するに任せている
大胆な一群のアブが
顔一面歩き回るに任せている
主人はどこに行ったのか

闘牛は立ち尽くしている
夕日の下で
若かりしころの夢を見る
思い出すのは松明祭の早朝
まるで頭に構える角が作り出す感動的な響きと
鼻孔から発する遠い山の歌声を耳にし
さらに闘牛場の匂いを嗅ぐ
あの熟知した湿った匂い
そしてまたしばしの野性の衝動が
あの黒い土地から立ち上る

闘牛は立ち尽くしている
奔流する血潮が全身を駆け巡り
牛毛はどれも鋼のように硬くなる
人びとの歓声が聞こえ
夏の日の原野では
金色の鹿どもが
喜び勇んで駆け巡り飛び跳ねる
闘牛は年若い主人に牽かれている
頭上には赤いテープが掛けられ
小高い丘で
鋭い角が太陽に挑む
鮮血のような赤い太陽

闘牛は立ち尽くしている
夕日の下で
時にまだのこる片目を開き
かつての闘牛場を眺め
悲しそうな声を発する

するとその
黄ばんだ毛皮は
ひとかたまりの火の如く
狂ったように燃えさかる

死んだ闘牛——大涼山闘牛の故事その二

人は彼を消し去ることはできるが、
打ち負かすことはできない。
——アーネスト・ヘミングウェイ

人びとが
寝静まった深夜に
闘牛は力なく牛小屋に横たわり
死の到来を待っている
微かに見開かれた眼には
哀しみと絶望だけ

けれどその時あたかも
遠い原野の
あのかつての闘牛場で
一頭の頑強な闘牛が呼びかけてきた
挑戦的な叫びで
すでに忘れていたかつての名前を使い

からかい、侮辱し、罵った
まさにその瞬間、闘牛は自らに
野性の衝動が湧き起こるのを感じた
そこで、あの熟知している原野に向かって走りだした
突進したその場所では
柵のたたき壊される物音
木々の断ち切られる物音
岩と岩のぶち当たる物音
地の打ちやぶられる物音

太陽が昇ってくると
霧ふかき早朝に
あの闘牛は死んでいた
あのかつての闘牛場で
その角を深く土に突き刺し
全身を刀で叩き切られたように
ただその見開かれた双眸には
屈服を知らぬ満足げな微笑みがあった

母親たちの手

彝人の母は死んだ。火葬のとき、母の体は永遠に右に傾げている。それは神聖な世界に行き自分の左手で糸を紡ぐため、と言われている。

——題記

そのように右に傾げてそっと眠りにつき
一つの長い河の流れとなり
綿々と続く山脈となった
多くの民が目にした
母はそこに眠っている
そこで山の娘と山の息子たちは
見ることのできない海の岸に向かって歩いた
岸辺には一人の美人魚《マーメイド》
液体の土地は沈み行き
彼女の背後に立ち上がる沈黙の暗礁
このとき古老の歌声だけが流れ
純な三日月が上っていた

そのように右に傾げてそっと眠りにつく
清々しい風と
茫漠と煙る雨のなかで
淡い霧が立ちこめ
白雲がまといつく
静かな早朝でも
こころ惑う夕暮れでも
すべては凍りつく彫像となる
母の左手だけがいまだ漂い
その皮膚にはきっと暖かみがあり
血管には血が流れている

そのようにして右に傾げて眠りにつく
美人魚の如く
純な三日月の如く
黙り込む岩礁の如く
母は大地と天空のあいだに眠り
死と生の高みに眠る

それゆえ母の身体の下で河川は変わらずに流れ
新林は成長し
岩は佇む
苦難と幸福なる我が民族は
このように泣き、叫び、歌うのだ

そのように右に傾げて眠りにつく
世の中のあらゆることが
広大な大空に　また
無くならぬ記憶のなかに消失する
母の左手だけがいまだ漂う
それはなんと暖かく、美しく、自由であることか！

黒い河の流れ

わたしは葬礼を知っている、
大涼山《ターリャンシャン》のなか、彝族の古老の葬礼を。
(黒い河の流れに浮かぶ
人の眼に煌めく黄金の光り。)

谷間のなかをこっそりと通り過ぎている人の流れ、
哀しみのさざ波を起こしている人の流れが見える。
この日常の人の世を
この奇妙な世界を重々しく通り抜ける人の流れ。

人の流れ、それは集まりつどって海洋になり、
死の周辺で騒ぎ立て、先祖のトーテムが幻想のなかで天に上る。
葬送の人の魂は夢のように、

猟銃の招く音で、原始美の衣装を作り出す。
死んでしまった人、それは大山のように落ち着き、
無数の双手の加護のもとで、友情の哀しむ歌声を聞く。

わたしは葬礼を知っている
大涼山のなか、彝族の古老の葬礼を。
(黒い河の流れに浮かぶ
人の眼に煌めく黄金の光り。)

スカーフ

ある男が一枚のスカーフを
愛する女に送った
その女はまことに幸運だ
なぜならその女はきっとその
まごころの愛をそそぐ男と結ばれ
朝も愛
夕も愛
歳月は静かに流れ
そのスカーフを目にすれば
いつもあの甘い記憶がよみがえる
ある男が一枚のスカーフを
愛する女に送った

だがその女の父と母は
むりやり女を
女の知らない男に嫁がせた
そのときから女の目には涙が溢れ
夢ばかり見ていた
そこで女はあのスカーフで
夢のなかの男の影を拭き去った

ある男が一枚のスカーフを
愛する女に送った
あるいは風のため
あるいは雨のため
それとも特大の山津波のため
お互い消息はなかった
それから何年かが経ち
市場に向かうある街角で
女は突然男に出遭った
お互い黙ったまま

どちらも過去を語ろうとせず
二人の腕には
それぞれ子どもを連れていた

ある男が一枚のスカーフを
愛する女に送った
それは遠方の雷鳴かもしれない
あるいは寒い初夏かもしれない
その女は外の地から来た男と出て行き
盛夏の夕暮れには戻ってきたかったが
戻ったのはすでに冬の朝方だった
そのときから女は月光の明るい夜に
こっそりあのスカーフの格子柄を数えた

ある男が一枚のスカーフを
愛する女に送った
だがいつまでも待たされたために
何があっても

別れてしまおうと誓った
かつては船があったけれど
その実お互い見つめ合った二つの岸べ
寝ても覚めても
小声で話した
そうしてある日
その女は亡くなった
葬送の人が
初めて女の秘蔵した遺品のなかから
そのスカーフを見つけた
だがだれもそのスカーフに興味を抱かず
その来歴を知ることはなかった
そこで人びとはあっさりとそのスカーフで
死者の青白い顔を覆い
その湾曲した身体とともども
山里で灰燼に伏したのだ

スカーフを送る：大涼山の彝族地区では男がスカーフを恋人に送り婚約の印とする習慣がある。

口弦をつくる老人

誰かの口弦が太陽の下で輝いている、まるでトンボの
羽のように。
——題記

一

山にぐるり囲まれた谷間で
老人の金槌の音が寂として静かな霧を突き破る
そのリズムは星のような露の珠を捲き散らせ
処女林は風のなかのステップを止める
それは男らしい振動が
高原の湖の豊満な腹部で
始められた月光の下の
愛と美の同盟だ

二

老人の皺だらけの手

それは高原の十二月の河の流れ
黄褐色の音韻の流れ
落ち着かぬ気持ちの流れ
ゆっくりと
黄金色の古銅を裁断していく

三

老人の手のなかで自由に泳ぐ一匹のサカナ
その両翼の鰭は黄金色の波浪
老人は高く高く岩を掲げて
金色の鱗を打ち据える
こうして老人の童話の世界から
多くの魅力あるトンボが飛び出す

四

トンボの黄金の羽は鳴り響く
太陽輝く大空に
大地の山々に

男の額に
女の唇に
子どもの耳元に
トンボの黄金の羽は鳴り響く
東へ
西へ
黄色人の耳元へ
黒人の耳元へ
白色人の耳元へ
長江と黄河の上流へ
ミシシッピ河の下流へ
これが彝族の昔からの音
彝族の魂からでる音だ

五

月が大山の背後から上るとき
愛は丘の上で岩のように立っている
纏わりつくトンボ

そそかしいトンボ
幸せそうなトンボが
少女の胸元に羽を休める
声なきアサガオは
星空に向かって独自に呼吸している

その黄金色の羽の一つひとつが完成し
初めて愛はこの地でこうして永らえる

六

もしも黄金の羽が作りだす音が地上から失われたら
もしも友情を呼びかける返信が地上から失われたら
この世はまさに死の世界
地上はまさに荒涼たる土地
これはど絶望的な
これほど悲しいことはあるまいに

七

人類は生命のタンパク質を作り
死の核原子を作っている
ピカソの平和のハトは
爆撃機の両翼と平行して
人類の頭上を飛びこえ
平原を
高山を
江河を
名も無き幽谷を飛びこえる
我らの老人はすでに一万回もの愛情を作り
一千個もの太陽を作った
あのトンボの黄金色の羽を見よ
それぞれの種族の故郷へと飛んでいく。

八

ある日老人は人知れず死んでいく

永遠の愛情ゆえに呼吸を止める
そのとき老人の頭上に
一群の美しいトンボが舞い飛ぶ
黄金の羽を煌めかせながら
歌を愛するこの土地の彝族は
老人の身体を掲げ持ち　千古
不滅の太陽に向かって歩き出す

彝人の歌

わたしはかつて千回も
大空を見張っていたことがある、
それは雄鷹が現れるのを
待っていたから。
わたしはかつて千回も
群山を見張っていたことがある、
それはわたしが鷹の子孫だと
知っていたから。
ああ、大小の涼山から
金沙《チンシャー》江の河辺まで、
烏蒙《ウーモン》山脈から
紅《ホン》江の両岸まで、
母乳は蜂蜜のように甘く、

故郷の炊煙がわたしの眼《まなこ》を濡らす。

わたしはかつて千回も
大空を見張っていたことがある、
それはわたしが民族の
未来を嘱望しているから。
わたしはかつて千回も
群山を見張っていたことがある、
それはわたしが忘れ得ぬ
愛をまだ抱いているから。
ああ、大小の涼山から
金沙江の河辺まで、
烏蒙山脈から
紅河の両岸まで、
母乳は蜂蜜のように甘く、
故郷の炊煙がわたしの眼を濡らす。

（金沙江：雲南省北東部にある自然環境の険しい河で、一九三六年に国民党軍に追われた共産党軍が戦った場所として有名。その戦闘は一九六三年に映画化された。）

（烏蒙山脈：雲南省東北部と貴州省西部にかけて連なる山脈。一九三五年に毛沢東率いる紅軍の長征が通った。）

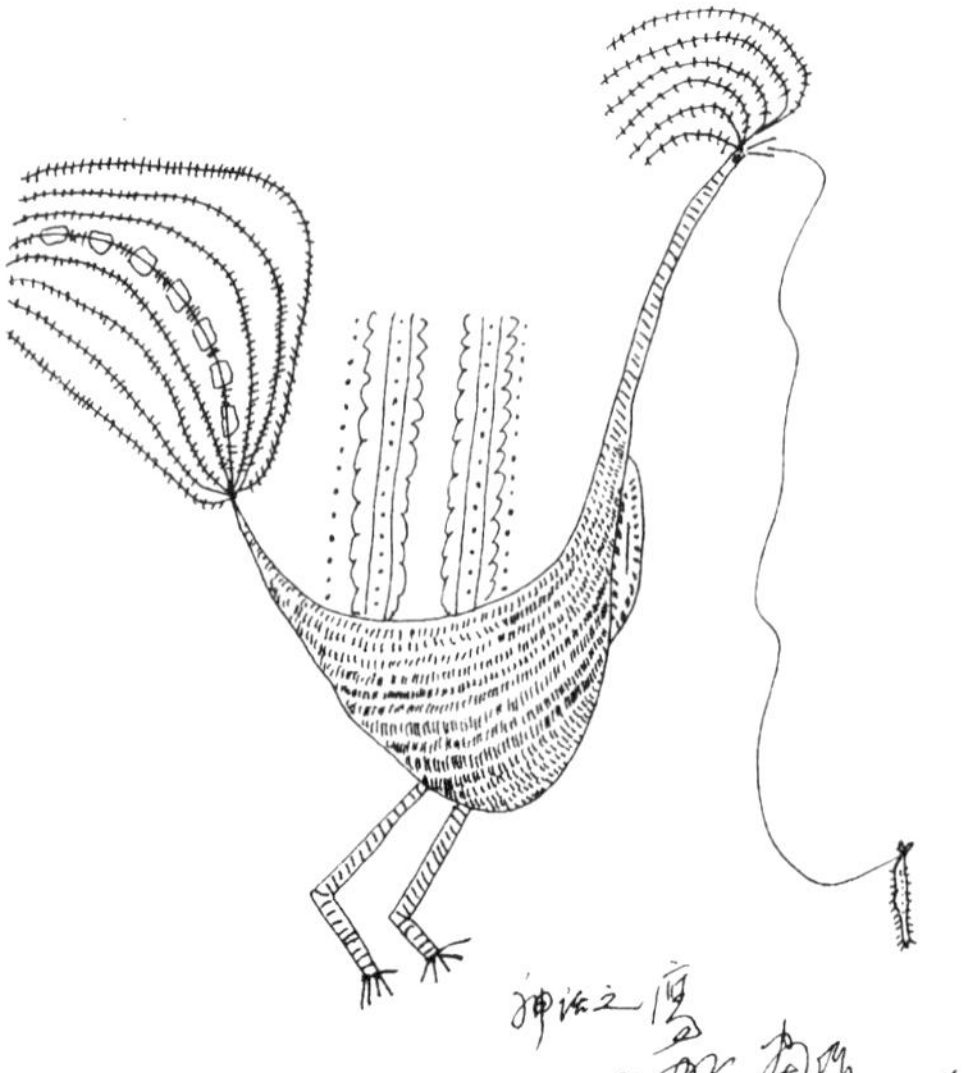

川の流れに感謝

おまえを想うときは
いつもあの川の流れを
あの川の流れの上の大空を思い出す
それは夢の如き哀しき遭遇
その永き一時のために
信じている、ぼくらのこの求め合う魂は
すでにあらゆる世紀を超えたのだ
そのときぼくは初めて分かった　ぼくはおまえに属している
おまえがぼくに属しているように
この季節のために、ぼくらは永く待っていた
これは上帝の意志か？　それとも運命の仕業か？
なぜに愉しみと苦しみが一挙にやってくるのだ
ぼくは分かっている　その川の流れの運命的な道筋は
ぼくの一生に蜜の甘さと人知れぬ痛みをもたらしている

わたしに

小径がないからといって
恋ができないとはかぎらない
星の光がないからといって
暖かさがないとはかぎらない
涙がないからといって
哀しみがないとはかぎらない
翼がないからといって
ウソをついていないとはかぎらない
結末がないからといって
死亡していないとはかぎらない
だが、このことだけはきっと言える
もし大涼山と我が民族がなければ
わたしという詩人はいない

「送魂経」を聴く

活きているあいだに
畢摩《ピーモー》にわたしの魂を送ってほしいと頼めるなら
活きているあいだに
先祖の歩んだ道にもどっていけるなら
もしもこのすべてが
みな出来るのなら
それが夢でなかったなら
そしてもしも夙に
亡くなったわたしの先人たちが
お前は日々何をしているのかと問うなら
わたしは正直に答えよう
わたしという男は
すべての人種と

女性の香しき口元を愛し
夜はいつも詩を書いていますけれど人を陥れたことはありません

（「送魂経」：死者の霊魂を祖先の地に帰らせるために畢摩が朗読する弔いの経のこと。）

（畢摩：彝族の文化を伝える原始宗教の祭司で、代々世襲され、彝族独自の文字（ロロ文字）でかかれた経典に基づいて冠婚葬祭などの重大な諸行事を取り仕切る。）

理解

わたしの後についてきて
あの人々の集まりに加わり
竪笛と馬布《マープー》の調べに耳をかたむければ
きっとあなたは目にすることでしょう
調べが終わるたびに
深く頭《こうべ》を垂れているわたしを

わたしの後についてきて
たった一つお願いがある
あなたは決して
わたしの涙を目にしても
酒に酔ったのだと思ってはいけません
もしもわたしの行動が

本当にいつもと違うと言うのなら
それは間違いなく
あの独特な音楽の言語が
古くかつまた美しいからです

わたしの後についてきて
あなたはすぐわたしを家に帰してはいけません
なぜならあなたはまだ
このメロディーと音階に埋もれて
わたしがどんなに夢うつつかを知らないからです

（馬布：クラリネットに似た彝族特有の民族楽器。）

古里拉達《クーリーラーター》のバーラル

もう一度あの
珍しい世界を嘱望しよう
実のところすべては天空にあって
神秘な永遠性に通じている
ここからは無限の世界が開けている
虚空と寒さとがそこにあり
蹄のこだまが沈黙のなかに消えていく

雄の婉曲した角が
風に流れる雲と相対し
その背後には暗い闇
その子どもに似た目が
青い波浪を浮かべている

わたしの夢のなかでは
この星がなければ何もできない
わたしの魂のなかでは
この稲妻がなければ何もできない
わたしは大涼山の最高地点で
バーラルを失うのが怖いのだ
わたしの夢はきっと烏有に帰すから

（古里拉達：四川省西南部の彝族自治州昭覚県にある海抜最高地点三九〇〇メートルの谿谷の名で、多くの動植物が生息する。）

（バーラル：ヒマラヤ山脈からチベット高原に生息するウシ科のヤギに似た動物。）

集落のリズム

静寂が支配するとき
わたしは静寂の沸き起こす欲望が
わたしの魂を這いまわり
次々に暴風雨を引き連れてくると
気づくことがある

気儘に散策しているとき
わたしは散策の呼び起こす衝動が
わたしの肉体に渦巻き
両の足は走ろうと疼き
狂わしく疾走したくなると
感じることがある

ふかく熟睡しているとき
わたしは熟睡の呼び覚ます思い出が
わたしの大脳に纏いつき
夢は夜通し不眠症となると
みなすことがある

ああ、わたしは知っている
この数年来
つまりはこの不思議な力なのだ
わたしの右の手に命じて
いくらか憂鬱ななか
彝族についての詩を書かせたのは

子守歌——彝族の母親のために

空を舞う雄鷹にも
地に立っているときがある
地上のヒョウにも
疲れて眠いときがある
わたしの息子よ
眠りなさい
(愛情のこもった手が
暖かいところから伸びてくる
歌い手の沈んだ額は
月光の幻影に似て静かだ)

空を舞うキジバトにも
飛ばないときがある

地上のキバノロにも
歩みを止めるときがある
わたしの息子よ
眠りなさい
（珍しい話が伝わっている
乙女は髪を梳いてもらってお下げにし
夕暮れの前に
少女の夢を戸外においたまま遊んだ）

空を舞うオオカリにも
眠りにつくときがある
地上の猟犬にも
居眠りをするときがある
わたしの息子よ
眠りなさい
（遠いところの微かな雷鳴
残された纏いつく思い出
小径はもう知るすべもない

雨季の後の期待を）

空に輝く太陽にも
沈みゆくときがある
地上のイロリにも
火が消えるときがある
わたしの息子よ
眠りなさい
（おまえが早朝目を覚まし
立派な勇士に育ったとき
おまえの母親がもしも
この世から旅だっていたら
おまえは間違っても
無理して母親を探してはいけない
母親は永遠にこの
黒い大地のものなのだから）

天上の月にも

隠れるときがある
地上の河にも
黙りこむときがある
わたしの息子よ
眠りなさい
（星が空に這い上がり
谷間に吹く紫の微風は
はやくも形跡を見失った
魂だけがあの声なき
憂鬱を感じとることができる）

フィーリング

かわら屋根をとびこえ
それは音もなく
相変わらずいつものように
かすかに震えて
空中に溶ける

ぼんやりと山のあたりで
陽光は周囲に溢れる
青い石板のうえは
いたるところで虫が這い回る
眠りを誘う歌が聞こえ
もやが立ち上るにつれて
ぼんやりしていた姿が

次第に消えていく

夕方のころ
重い木のドアを開け
静寂な大空を眺める
わたしには口に出せない
何かがある

黒い狂想曲

生と死が繋がった夢のあいだ
河の流れと大地とが密会するところ
星は眠りについた姿で
蒼い夜空に黙り込む
歌い手が物憂げな口元から柔軟さを失うとき
木のドアは物音をたてず　石臼は唄わない
子守歌の最後の音符が飛び跳ねて蛍火となり
疲れ果てた母親はみな夢の中

そして遠く、雲の彼方
岩山の最高地点で
深い眠りの鷹は夢の淵を爪で踏みしめ
あの遙かな場所で命をおとし目を閉じる
そして遠く、この地では

幾百もの河が月光の下に流れ
その河の姿は虚無に向かっている

そして遠く、あの森のなかで
マツの葉が誘う枕もとで
残酷なヒョウは飲み込んだバーラルを忘れ去った
この静寂なときに
おお、古里拉達《クーリーラーダ》渓谷の名もなき河の流れよ
わたしにお前の血流の鼓動を聞かせてくれ
わたしの喉をお前の声帯にしてくれ

大涼山の男の烏抛《ウーパオ》山は
小涼山の女の阿呷居木《アーカーチュムー》山を急いで抱きに行く
お前はわたしの身体をもう一度胚胎しておくれ
わたしをお前の腹のなかで育てておくれ
すでに失われたあの記憶を改めて呼び覚ませておくれ

この静寂のときに

ああ、黒い夢よ、早くわたしにかぶさり　わたしを覆い
恋人のようなお前の愛撫のなかに埋もらせておくれ
わたしを空気に、陽光にしておくれ
わたしを岩石に、水銀に、女貞子《じょていし》にしておくれ
わたしを鉄に、銅にしておくれ
雲母に、石綿に、磷火にしておくれ
ああ、黒い夢よ、早くわたしを飲み込み、溶かせておくれ
わたしをお前の慈愛にみちた懐のなかに埋もらせておくれ
わたしを草原に、牛や羊にしておくれ
キバノロに、ヒバリに、コグチマスにしておくれ
わたしを火打ち銃に、馬の鞍にしておくれ
口弦に、馬布に、卡謝着尔《カーシエチャオアル》にしておくれ
ああ、黒い夢よ、わたしが消えるときは
どうかわたしのために悲しみと死の琴を奏でておくれ
吉狄馬加というこの痛苦の重苦しい名前を
深夜でも太陽の神秘的な色に染め上げさせておくれ

わたしの言葉ひとつ、わたしの歌ひとつを

この土地の魂の真実なる返信に
わたしの言葉ひとつ、わたしの歌ひとつを
この土地の藍色の血管に流して
ああ、黒い夢よ、わたしが消え去るとき
巨大な岩石に向かって話をさせておくれ
背後には我が苦難にみちた誇りたかい人民がいる
この千年の孤独と悲哀を
岩石が耳にしたなら涙することだろう
ああ、黒い夢よ、わたしが消え去るとき
我が民族のために明るく暖かい星を上らせておくれ
ああ、黒い夢よ、お前に付いて
あの死の国へ連れて行っておくれ

（小涼山：一五世紀初めころ、大涼山から移動してきた彝族がすむ。）
（口弦：「口弦の告白」の訳注参照。）
（馬布：「理解」の訳注参照。）
（卡謝着尓：彝族の伝統的な民族楽器。）

岩石

それは彝族の顔のかたちをして
山々の最も孤独な地域に息づいている
生命などもたぬこれらの物体の
黒づんだ額には鷹の爪痕がいっぱいだ
(歳月が溢れ出す情感が
あらゆる非実在の季節を通り過ぎるとき
古からの大空と熟知した大地を眺めながら
果てしのない夢、ぼんやりした回憶
あの太陽の燃える焔だけがある
それを死の眠りに近づける
けれど誰がわたしに告げられよう
すべては人類の不幸に含まれているのだ)

わたしは生命のない多くのものを目にしてきた
それは彝族の顔のかたちをしている
一世紀また一世紀と続く沈黙は
彝族の苦しみを軽減はしない

ふるさとの神霊

軽やかな歩みに変えて
自由の森を横切る
わたしたちに獣と同じ道を歩ませてくれ
初めての不思議を味あわせてくれ

動物を驚かせてはいけない
あのバーラルやキバノロ、ヒョウを
かれらは霧の忠実な申し子
微かな光にそっと隠れている

永遠の平安をかき乱すな
ここは至るところ神霊の佇まい
亡くなった先人があちこちからやってくる

かれらはすべての見知らぬ姿を怖れる

歩みを軽やかに、さらに軽やかに
運命の視線がすでに緑葉を這い回っていても
この異常なまでに静まりかえったとき
わたしたちはもう一つの世界からの音を聞くのだ

苦い蕎麦

蕎麦よ　お前は声を立てず
大地の容器となり
星の母乳を啜っている
お前は白昼の灼熱の光を回憶している
蕎麦よ、お前は最強の
繁殖力の地に根をはる
お前は昔からの隠喩と象徴だ
お前は高原のぐらぐら揺れる太陽だ
蕎麦よ、お前は霊性に満ちている
お前は我らの命運をにぎる存在
お前は古老の言葉
お前の倦怠はゆっくりとやって来る夢物語
お前の祈りを通してはじめて

我らは祝福の言葉を
神霊と先人の身辺に送り届けることができる
蕎麦よ、お前が目にできない腕は
温かく細長い、我らは
お前の愛撫が欲しい、我らがお前をうたうのは
我らの母親をうたうことなのだ

埋葬された言葉

わたしは探している
埋葬された言葉を
きみたちは知っている
それは母の腹水
闇の中で閃光する魚類

わたしが探している言葉は
夜空の宝石のような星々
その背後には
占い者の双眸に
飛翔する鳥の影がある

わたしが探している言葉は

祭司が夢見る炎
それは亡くなった先人を呼び覚まし
万物の霊魂に応じることができる

わたしは探している
埋葬された言葉を
それは山地民族が
母語を通して、子孫に伝える
一番の秘密の符号

見えない人

ある見知らぬところで
誰かがわたしの名前を叫んでいる
だがわたしは
それが誰だか分からない
わたしはその声に応じたいが
何度耳にしても聞き覚えがない
わたしははっきりと言える
わたしの友人たちの中で
かつて誰一人このようにわたしを呼んだ人はいないと

ある見知らぬところで
誰かがわたしの名前を書いている
だがわたしは

それが誰だか分からない
わたしは夢のなかでその筆跡を探し出したが
目覚めるといつも忘れてしまう
わたしははっきりと言える
わたしの友人のなかで
誰一人このように手紙を書いてきた人はいないと

ある見知らぬところで
誰かがわたしを待っている
だがわたしは
それが誰だか分かわからない
わたしはその姿を見届けたいが
見えるのは何もない
わたしははっきり言える
わたしの友人のなかで
誰一人このようにわたしと行を共にした人はいないと

畢摩《ピーモー》の声——彝族の祭司に捧げる　その二

わたしがそれを耳にしたとき
それは夢か幻か
まるで淡い一条の黒煙のよう
なぜに群山はこのような時に
永遠に黙りこくっているのだ
それは誰の声なのだ？　人と神のあいだに浮揚し
あたかもすでに人体から遠く離れたかのよう
だが真実と虚無のあいだで
人と神の口から同時に発する
生と死の賛歌
太陽と星と河の流れと英雄の祖先に呼びかけ
神霊と超現実の力を呼び覚ますとき

亡くなった命は復活を始める！

（畢摩：「『送魂経』を聴く」の訳注参照。）

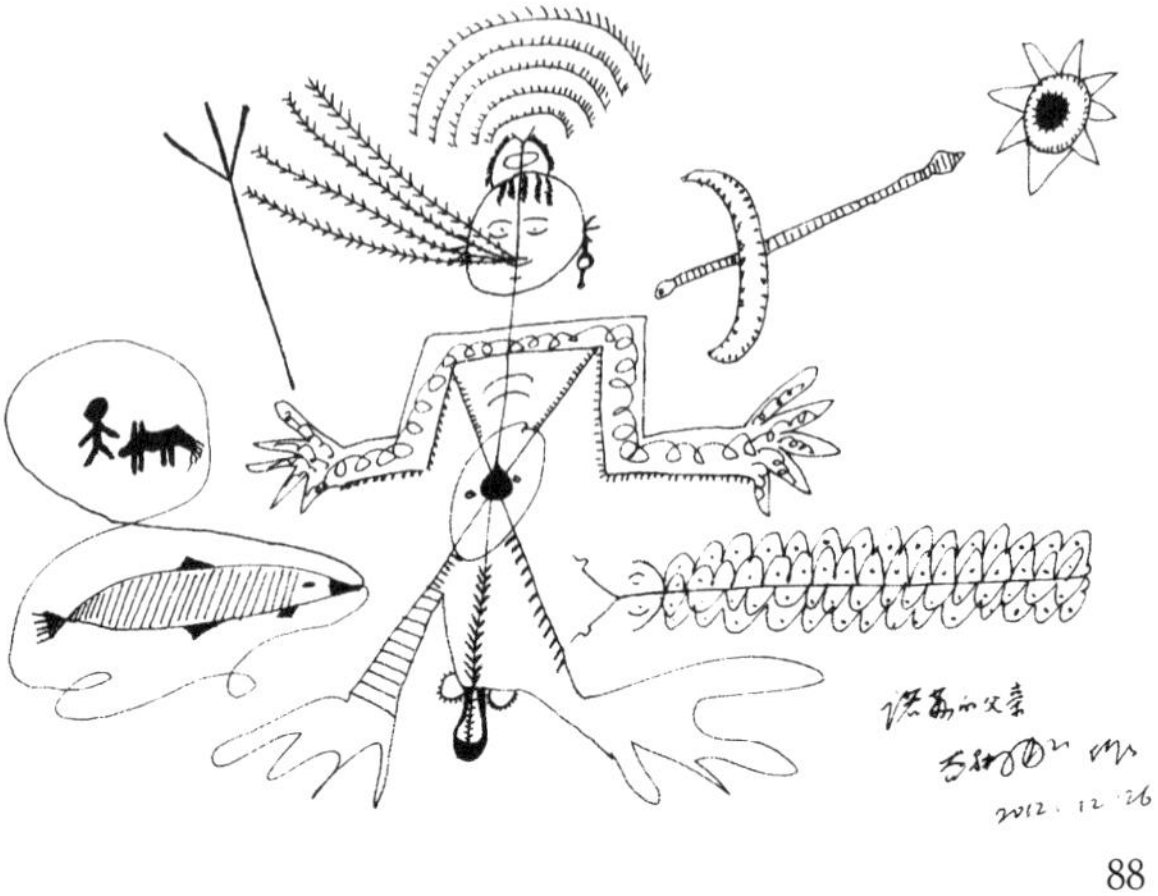

初恋

大人たちは言う、童年のころ
子供の顔はみな丸いと。
わたしは母にたずねた、それはなぜなの？
母はただ月を指さしただけ。
月は丸く、静かに梢のうえに眠っていた。
わたしは弟のトンボ網を思い出した、
弟はどのようにしてあんな物静かな娘をものにしたのだろう。
そのとき軒下には、いっぱいの黄金色のトウモロコシの束が掛かっていて、
わたしは少女のネックレスを思い出した。
それからわたしたちは木陰でかくれんぼをした、
それは月光の下の〝新妻取り〟。
なぜだか知らぬが、わたしが彼女を探すたび、
彼女はそっとわたしの傍らに歩んできて、

美しき女神に変わった。
彼女の笑い声はわたしの衣装を濡らした。
ある日彼女は成長して一本のポプラの木になったとき、
原野で愛のために歌った。
彼女は派手な馬に跨がった。
けれどわたしは彼女の新郎ではない。
その日の夜のこと、お前は大人になったねと母は言った。
小さくなった衣装はみな
弟にあげなさいと母は言った。
けれどわたしは彼女の笑い声で濡れた
あの衣装をそっと隠した。
あの夜の月光を探せば
わたしのこころのなかだけにある。
わたしは弟のトンボ網を思い出した。
弟はどのようにしてあんな物静かな娘をものにしたのだろう。

新妻取り：彝族の娘が嫁に行くとき、男の家は娘を迎えに使いの者を派遣する。このとき娘の友人が家から出て使いの者を阻止する。男の家は娘を手に入れるために〝奪う〟のだ。これは大変楽しい場面となる。

最後の呼びかけ

不幸にして、かれが狙い定めた石弓は自分の胸を貫いた。

——題記

夜明けや夕暮れどきに男はいつも山に入る
ヒョウを捉えるために、先祖の崇高な栄誉のために
森に対して話をするとき、男は多くの石弓をかまえる
（山の民の話では
男が若いころ
その名前は風に嫁いだように
遠くの地まで届いた
なぜなら男は
多くのヒョウを捕らえたからだ）

男は寡黙で頑強、額には危険な日々が書かれている
愉しみに満ちあふれた高原の湖の静かなときに初めて
低い鼻音と腹からの沈んだ声で

長い山の歌を、あの抑揚ゆたかな歌を口ずさむ
女たちのこころは打ち震え、大小の波を形作り
思わず胸詰まらせ、夕暮れどきの岩山よりも輝く
男の脳裏には遠く太古の時代の群山の幻影が宿り
その褐色の胸元は平原の野性と愛情に満ちている
女たちはその胸元で変わらぬ思いを自由に宿す
(山の民の話では
そのとき男はすでに老いていたが
頑として
最後の石弓を構え
一頭のヒョウに命中させた
山の民の話では
その日男は山中に向かった
ちょうど夕暮れどき
男は一人で口ずさんでいた
たしかに男は向かったのだが
そのとき以来戻ってこなかった
後になって人びとは発見した

男は石弓を構えたところで落命していた
最後の石弓が
男の胸を射貫いていた)

男は星の光のもと死を招く平原に倒れ落ちた
目を見開き銀河に向かい読み解けぬ言葉をつぶやいた
男の死を知らせる樹木を山頂に立てよう
男を愛した女たちを太陽鳥のようにその樹木に生活させよう
男のなかの男の物語はその大山のなかで広まるだろう
運命は時に人生にこうした残酷な衣装を着せるとしても
(山の民の話では
男は確かに死んだ
ただ男の死んだ場所に
何年後のことかは知らないが
死んだ女が一人
同じ場所に火葬された)

記念のノートに記す

そうなのだ
わたしが彼女の最後の
一言を聞いたのだ。

——題記

これはあなたの記念のノート
あなたはわたしにある人の名を書けという
それはもちろん一人の偉大な魂です
(ではわたしに少し説明させてください
その聞き慣れぬ名前ゆえ
あなたにとっては遠い存在
けれどわたしにとっては特別です
死んでも忘れられぬ名だから)
彼女はかつて
一人の少女だった
スカートを替えたあの日の夕暮れどきに

少女は人知れず泣いた
なぜだか知らないが
少女は泣いたのだ
あれは十五のとき
少女は嫁いだ
一頭の白い馬に乗って嫁いだ
山から一人のヒツジ飼いが追いかけ
少女にスカーフを送った
噂によれば
彼女の若いころはとてもあだっぽかった
噂によれば
彼女の若いころはとても美しかった
多くの人の語るところによれば
彼女は一番のいい娘です
続いて母親になり
何人もの子どもを産んだ
だが夫は酒飲み
あれは三十五のとき

彼女はいつもこころから大いに笑っていた
難産の女がいると
彼女は元気づけに出向いたが、その女は死んでしまった
その年の冬
彼女は拾ってきた子どもを抱き
ドアの前で右足を骨折した
あれは五十のとき
その後彼女は老いた
いつも暖炉のそばにいて
子どもたちに話を語って聞かせた
そしてある年の夏に
それは長く感じられる夏だったが
話をつづけながら
夢見るように亡くなった
彼女の胸に抱かれていた子どもだけが
最後の言葉をはっきりと聞いた
それは星の輝く夜のこと
その日彼女は七十になったばかりだった

彼女の名は
吉克金斯嫫《チーコーチンスーモー》
彼女の最後の言葉、それは
子どもよ、こころから人を愛しなさい

スカートを替える　彝族の少女はある年齢に達するとスカート換えの儀式をおこない、その日から少女は成熟した大人になる。

吉克金斯嫫：彝族によくある女性の名前。

移動する集落——夢に見る我が祖先

かれらは遠方からやって来た
長く暗い夜を通り抜けて
一つひとつの黒い顔が
遙かな草原に浮かぶ
かれらは月光で編んだマントを羽織り
眠りについたばかりの闇夜に乗じている
もの静かな
暗い河が
この土地から流れ出るとき
闇夜の騒ぎ立てる群山に
決まって現れる美しい双眸は
——恐れを知らず閉じている
先祖のトーテムを

いつものように高く掲げて
また一人の勇敢な酋長が
黎明どきに亡くなったけれど

（一人の子どもが丘の上に立ち
断ち切られた臍の緒を両の手に持ちながら
哀しみにしずんでいる）

かれらは遠方からやって来た
足跡が風化して成ったあの古い彝族の言葉に
古い歴史の詩がある
そこでは生と死にまつわることが語られている
あの強く勇敢な男たち
あの優しく心清い女たち
不屈の精神と野性的な身体で
いつものように魅力ある果実を実らせた
その神秘的な果実が
大地に落ちるとき

遠い処女林では
苦しくまた愉しげなこだまがひびく
そこでこの土地の子宮のなかに
黒の樹木が生まれ
狂おしく成長している
不幸せなカップルが
その樹木で縊死したのだったが

(子どもが一人丘の上に立ち
断ち切られた臍の緒を両の手に持ちながら
哀しみにしずんでいる)

彼らは遠方からやって来た
頭上には古い太陽
まだ夕暮れの星が出ているのだろうか
一人の老人が夕暮れどきに火葬されたから
そのときその荒原には
まだ妊婦たちがいて

一人の誕生を祝って歌っている
星々があらゆる
優しげな絶壁に隠れるとき
永久の夕暮れ星はまだ煌めいている
ある日一つの子守歌が
相思鳥に姿を変えたとき
古い民族よ
まだそのように
永遠にバラ色の幻想を抱いているのか
一羽のタカは
雷鳴が過ぎ去ったあと
血の滴った羽を残すだけではあったが

(子どもが一人丘の上に立ち
断ち切られた臍の緒を両の手に持ちながら
哀しみにしずんでいる)

布拖のおんな

その女の褐色の顔から
わたしは初めてあの大地の色合いを見つけた
わたしは初めて太陽のクリーム色の涙を見つけた
わたしは初めて季節風が残した歯の跡を見つけた
わたしは初めて幽谷の永遠なる沈黙を見つけた

その女の謎めいた魅力的な眼から
わたしは初めて高原の微かな雷鳴を聞いた
わたしは初めて夕暮れどき木のドアをそっと叩く音を聞いた
わたしは初めて暖炉からもれる幸せな嘆息を聞いた
わたしは初めてスカーフに隠れた静かな口づけを聞いた

その女の愁いのない静かな額から

わたしは初めて遠方の暴風雨の執念を目にした
わたしは初めて岩に咲く満開の花を目にした
わたしは初めて恋人を夢見る月の光を目にした
わたしは初めて四月に胚胎する川の流れを目にした

その女の麗しい姿の消えたところから
わたしは初めて哀しみと孤独を感じた
けれどわたしは永遠にあの日を忘れまい
大涼山のある日の雨ふる朝
一人の子どもの初恋が遠のいたことを

布拖：大涼山の中心地に近い地名で、そこに住む彝人は阿都に属し、またの名を小褲脚ともいう。

昔のこと

わたしはまだ覚えている
あの日比爾《ビーアル》に向かう路上で
見知らぬ彝人が大口を開け
真っ白な歯を見せてわたしに微笑んだ

わたしはまだ覚えている
湾曲した小径の突き当たりで
わたしはあの微笑んだ男に出遭った
男は激しい口調でどこに行くのだときき
懐から強い酒を取りだして
一口飲め身体を温めよと言った

わたしはまだ覚えている

あの死にたえた寂しげな荒野で
男はわたしの為に歌を唄った
その歌は伝えていた
おまえがどこに行こうとも
きっとお前を思っている人はいると

わたしはまだ覚えている
男は肩から
黒いマントを掛け
その揺れ動く身体は
まるでわたしの父親のよう
その窪んだ眼の中には
優しい慈悲の光りが溢れていた

比爾：涼山彝族自治州昭覚県に置かれた郷の名で、詩人の故郷。

題辞——漢族の保母に捧げる

この女は、年若いころ
類いまれな美しい村娘、この
十六のとき不幸にも犯された女は
たった一人で金沙江《チンシャー》を越え
さらに大渡河《タートゥー》も越えて、旧中国の大部分に足を踏み入れた
この女は、数多の苦しみを体験し、そのうえ
人からは理解されず、夫を失うはずもない年齢で寡婦になった
この女は、その後また結婚したが
夫は彼女より二十歳も若く
結局はその男のために筆舌に尽くしがたい苦しみを味わった
この女は、人の世の常なる出来事を嘗め尽くしたが
絶えず一つの世界を夢見ていた
そこでは、幸せと善意が、ヒューマニズムと友愛が溢れていた

この女だ、わたしはその懐に抱かれて童年を過し
その霊魂のなかで、初めて
すべての種族を超えた、人類最高の愛を感じた
この女は、わたしを成人になるまで育ててくれ
人はこの世でみな兄弟と信じさせてくれた
（千百年来の恐るべき暗い影は
わたしを深く傷つけたけれど）
ある日女は死んだ、忘れがたい微笑を浮かべて
過ぎ去りし思い出は限りなく遙かなできごと
そうしてすべては永遠のこととなる
もとより世界はこの平凡な女性一人を失ったための
哀しみの戦慄を感じることなどない
けれど大涼山では、なにも聞こえぬ夕暮れどき
彝族の子がこの女のためにむせび泣く
全世界はその哀しみの泣き声を耳にする

（金沙江：青海省に発し四川省・雲南省を通る長江の源流の名前。）

（大渡河：長江の支流の一つである岷江の支流の名前。一九三五年、紅軍が通過したことで有名。）

彝人が夢に見る色——ある民族がよく使う三種の色の印象について

（わたしは幾つかの色を夢に見たことがある
そのときわたしの眼にはいつも深い思いの涙があった）

わたしは黒を夢に見た
黒のフェルトが高々と掲げられ
黒の神具が祖先の祭壇にまつられ
黒の英雄が天空に満ちる星と繋がる
だがわたしはきっと知っている
この甘美で哀しい種族が
いつから諾蘇《ヌオスー》と自ら名乗ったかを

わたしは赤を夢に見た

赤の吹き流しが牛の角に鳴り響き
赤のスカートが凧にそよいで謡曲を奏でる
赤の鞍は自由自在の飛翔を空想する
わたしは赤を夢に見たのだ
だがわたしはきっと知っている
この人類の血液の色は
いつから先祖の体内に流れていたのかを

わたしは黄を夢に見た
一千本の黄の傘が遠い山で口ずさみ
黄の衣の裾が揺れ動く太陽を牽いている
黄の口弦は明るい翼を動かしている
わたしは黄を夢に見たのだ
だがわたしはきっと知っている
この世の美しく輝く色は
いつから古い木製の器に残っているのかを

(わたしは幾つかの色を夢に見たことがある

そのときわたしの眼にはいつも深い思いの涙があった）

諾蘇：彝語で黒い民族のこと、かつて彝族の支配階級「黒彝」の自称。

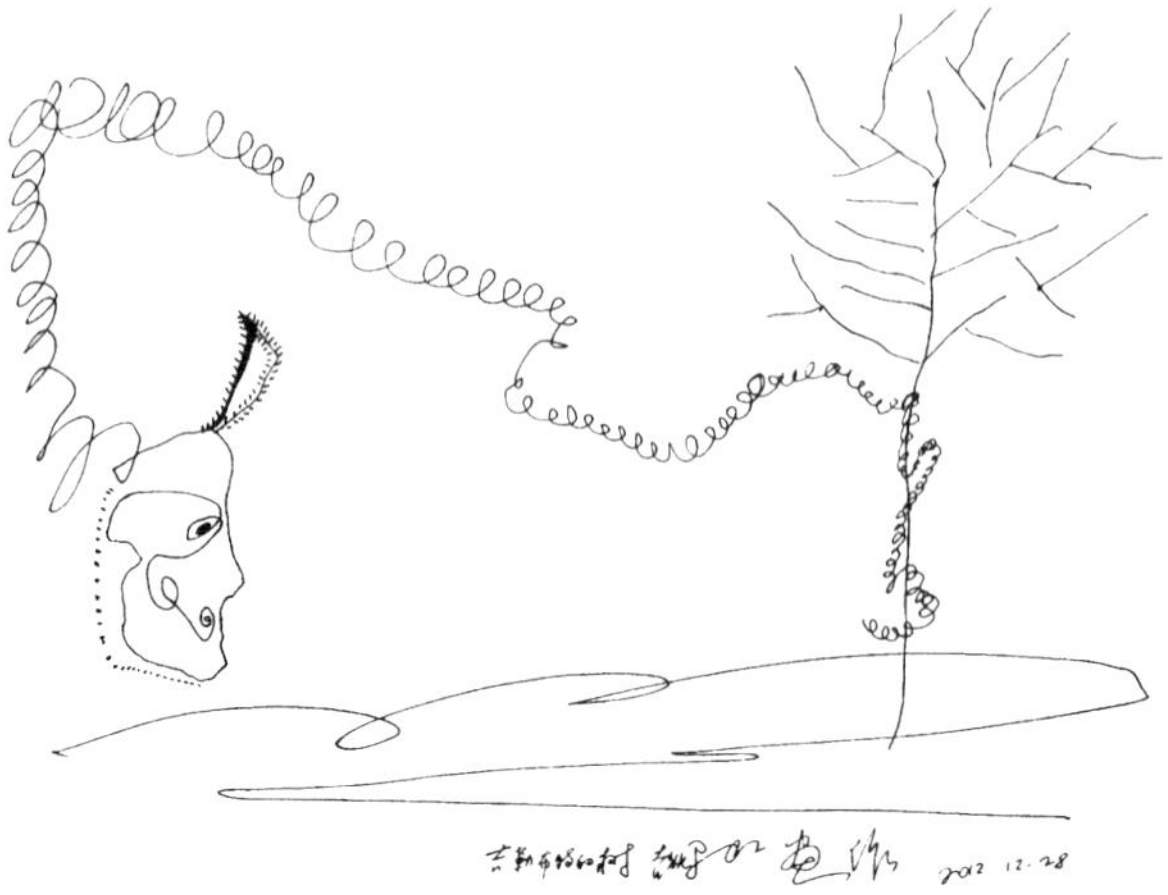

目に見えぬ波動

わたしの生まれる前に
もう存在していた
あるものがある
まるで空気や太陽のように
それは血液のなかを激しく流れている
けれど一言で
それをはっきりと言うのは難しい
あるもの、それはとっくに意識の
最深部に潜んでいるが
思い出してもぼんやりしている
あるもの、それは現実のものではないが
わたしは信じて疑わない
鷹はわれらの父親であり

先祖が歩んだ道は
きっと白いことを
あるもの、それは恐らくもう永劫不変なのだが
時間が少し延びれば
終日寄り添っている山々を眺めながら
わたしの眼は緩んでくるだろう
あるもの、それはわたしに
万物には魂があり、人が死ねば
安息は地と天のあいだにあると知らせてくれる
あるもの、それは永遠に消えることはないだろう
もし彝族の人となれば
この世に依然として生きるのだ！

なぜならただ

わたしたちは素足で
この土地にしっかり踏み入れよう
わたしたちの血液すべてを
人知られずあの
血液をくれたところまで戻そう
(なぜならこの土地は
わたしたちのものだから)

わたしたちは声をからして
大笑いし
わたしたちの涙で
どの黒い衣装も濡らそう
わたしたちはこころゆくまで

大泣きし
愚か者のように泣こう
(なぜならこの土地は
わたしたちのものだから)

わたしたちは
どんな男もみな
三色の木の杯で酒を飲むさまを目にする
もし酔ったなら
決して二度とは
見知らぬ男が傲慢な両足で
あなたの頭を跨ぐことはないだろう
わたしたちは
どんな女もみな
口弦と木の葉で言葉を交わすさまを目にする
もし疲れたなら
夢の緯度線に横たわり
こんこんと眠りにつこう

（なぜならこの土地は
わたしたちのものだから）

霊魂の住処

これは
一間の瓦葺きの部屋
そのドアは開いているが
いままで誰一人
そこから出入りする人を
見た者はいない

これは
一間の瓦葺きの部屋
そこに通じる小径には
青草が覆っているが
それに関する秘密を
誰も話すことはできない

これは
一間の瓦葺きの部屋
遠い山中で
この世の哀しみを徐々に忘れ
孤独だけが満ちている

布拖の少女へ

おまえの細い項は
阿呷査莫《アーガーチャーモー》鳥のきれいな
項よりも美しい
おまえの瞳は湖水に映った星の光
おまえの額は輝くゴールド
そこにミツバチの記憶が蘇る
おまえの銀色の小高い襟元は
フィリグリーの懸崖
おまえの艶めかしいスカートの裾は
夕暮れがふかまるころ
夜の訪れを迎えるために大胆に誘う
おまえの滑らかな肌は初夏のそよ風
松の葉でいっぱいの幽谷を通り

母親のヒツジの腹部をそっと掠めるかのよう

おまえの息づかいは夢のようで
万物はおまえの鼻のもとで
いくつもの黄金の朝露を揺り動かす
おまえの笑い声は
大空に高く低く啼くヒバリのよう
はっきりと断定できる
おまえのステップに合わせて
山々は何度も衝突し
牛の角はそのつど興奮して
秋の成熟を告げている

阿呷査莫鳥：大涼山に生息する首が長く美しい鳥の名。

ある狩人の子どもの告白

父さん
ぼくは野ウサギを見つけたし
あの母鹿もみつけたよ
でも
ぼくは撃たなかった
そのときぼくが目にした森は
霧が立ちこめ真っ青な海のようだった
夕暮れのために深夜の物語は
一番高い梢で密かに長引いていた
紫紅色の小川は
まさにコオロギの口元から流れ出し
真夏の涼しげな木陰を暗示している
あの森の中の柔らかな草地は

ねえさんのハンカチ
いもうとの衣装
野ウサギはそこからとびでた、その目には
静寂な月が満ち、星たちは
満ち足りて身を隠す
そして美しい鳥は空中で網を織り
緑の衣の蛙は緑の歌の合唱だ
あの皇后のような母鹿が姿を現し
全身に黄金色の瀑布を羽織っているとき
上空には数え切れない水のような太陽が昇り
樹木はそのために煌めいて
調和のとれたダンスを繰り返し
地一面のクローバーは勝手になびく
そのときぼくは世界を忘れ
ぼくが狩人だということを忘れ
野ウサギと母鹿を撃たなかった

父さん

もしぼくに撃てと命じるのなら
ぼくがオオカミに出遭う
その日にしてよ
そのときぼくは照準を合わせ
桃の形をした心臓を撃ち抜く
でもきょうは
ぼくは撃ちたくない
父さんはアンデルセンが
ぼくのために創った
森の童話を壊すの？

父さん
ぼくには――どうしても
撃て――ない

18歳の詩人吉狄馬加の銅像（彫塑）張得蒂作

狩人の道——ある年老いた狩人の話

ある日わたしは突然老いた
歳月は小鳥のように
霧の森を通り抜け
わたしの額を走り抜ける
金のような小鳥と
銀のような小鳥が
付きまとい、撫で回してくれる
老いぼれたわたしを
名もない小川のように
文字のない恋の歌のように
そのとき、わたしはこっそり告げよう
わたしの老いぼれた目には
冬の日の夕暮れの影があるわけはなく

晩秋の夕日の激しい愛があるわけもない
ただわたしの両の目からは
子どものような煌めく涙が流れる
もし自分から味わったなら
そこには初恋の味だけがある
だからわたしは黙ったまま
わたしの歩んだ道は思い出と愛に満たされる
だからわたしはもう
若く幼稚だからと迷うことはない
わたしの手のなかの古い猟銃が
わたしの体と命を支えている
いまわたしは世界に大きな声で宣言しよう
たとえ死んでももう一度蘇る
赦してくれ、わたしは依然としてやはり
英雄と自由を尊ぶ彝族の人なのだ

キバノロの呼び子

牝のキバノロの鳴き声を吹くと、
雄のキバノロがわたしに向かってやって来る、
死神はそのとき降臨する。

——ある狩人の話

わたしは勇気を振り絞って呼び子を手にとり
牝のキバノロの鳴き声を吹いた
そのときわたしの肺は濃縮した海洋
鼻孔の一つは長江
もう一つは黄河
呼び子の起伏する音はさながら夕暮れどきの波浪
いくつもの目に見えぬ
母性の陽光を巻き起こす
大気は黄金色で
やさしく揺れ動き、あの長々とつづく
優しくか細い詩行だ

それはあたかも人知れず
そのしなやかな陽光に嫁いだ
そうでなければ
雄が皮膚で
感じることのできる
水のような衣装を身につける
けれどわたしには分かっている
わたしは呼び子を吹く男だ
どの樹木の葉もわたしのために舞い降りて姿を変える
わたしは時間を間違えたデートのように待つ
焦りの気持ちも神聖なこと
猟銃は黙ったままその銃口を伸ばし
遅れてやって来た雄のキバノロに狙いをさだめる
キバノロが欺きの呼び子の近くを歩くとき
わたしは引き金を引く
雄のキバノロはその最期を迎え入れるのだ

わたしの呼び子と銃声が消えたとき

ほどなくどうやらわたしは目にした
多くの母性の光が
一つの世界を明るく照らし出す輝きを
なぜか、わたしのこころに突然吹き抜けた
一陣の晩秋の風
それは北極の冬のような哀しさ
わたしはキバノロの呼び子を噛み砕き
唇についた血もろとも
だれも目にすることのできないところに投げすてた

実のところ
わたしはそのとき泣きたいほどだった
ウソをついてもいい
わたしを愛してくれる人に知られるのが怖いのだ

キバノロの呼び子：彝族の狩人が使う呼び子で、音は牝のキバノロに似ており、雄のキバノロを呼び寄せる。

瀘沽湖《ルークー》

瀘沽湖は山の娘、獅子山《シーツー》は娘の母親と人は言う。
不思議なのはこの母親、娘が嫁ぐのを永遠に許さない。
——題記

藍色のスカートの裾がぼんやりとした霧の中に消えた。
おお、山の娘はどこにいる？
獅子山に尋ねよ。獅子山は山の娘の永遠の母親。
石のように頑固な女。
冷酷ゆえに早くも老衰した寡婦。

何年もが経ち、彼女は山の娘をきつく抱く、
風さえもその長らく眠る娘を知らない。
少女ならぬ一人の処女。
貞操のはずはないほど貞操な一人の女。
風。その野性に満ちた風。
これは男のひたむきな愛の言葉、彼は岸辺に彷徨う。

けれどすべては早くも過ぎ去り、遙かな夢のようだ。
心。無数の男の心が、みな静寂の大海に沈み込む。
態度を変えた母、無辜な少女の墓。
哀れな山の娘、娘は深く眠っている、あれほどの安らかさで。
娘は全身を露わにし、夢のなか、
絹織物のように波打つベッドの上でむせび泣く。
まさか娘はこんなふうに？
幾千年もが経ち、母親は石になり、少女の心は水になった。
で、男は？
恋に破れた魚釣りびと。

（濾沽湖：詩人の故郷にある湖で四川省涼山彝族自治州塩源県と雲南省寧蒗県にまたがる湖。）
（獅子山：濾沽湖に近く、雲南省寧蒗県にあり、女性の化身とみられている山。）

朶洛荷《ドオルオホー》の舞い

荒野はとても広大だから
彼女たちは互いの手をとりあい
心を一つに軽やかなステップを踏む
そうしないと、この地上の
ふんわりとした、レンゲソウの夢は
踏み潰され
夕暮れに幾つかの寂しげな花弁を残すことになるから

流れよ、流れ出るのは旋回する川
唄えよ、口ずさむのは古い歌

夜の帳が下りる前には
尊大なこころと、ひたむきな眼と

さらに疲れた口弦があった
けれど彼女たちのステップはいつものように進み、いつものように呟く
大地に向かい、黎明に対し、遠方にまで
朝露に濡れた薄緑の夢をよぶステップ
優しいこころの溢れる蜜の呼びかけのステップ
その声は耳に纏わり、いつまでも離れない

朶洛荷の舞い：彝族の民間舞踏の一種で、娘たちが円形に手を繋ぎ、大股にゆっくりと踊りながら唄う、軽やかで優美な踊りである。

母にささげる歌

涼山には少なからぬ高山の湖があり、かつては多くの雁の一家が棲んでいた。毎年雁行のとき、親は子を雁行に加えさせなければならない。子は湖から離れたがらないので、親が翼で子を打ち据えて雁行に加わらせようと何回となく繰り返し、漸く送りだすことができる。その日は人々が雁行を見に駆けつけ、女子どもはみな涙ぐむ。

——題記

北方には雪が無くなったから
そうして
遠くまで行く今回の旅路は
ここから始まるのだから
子雁の鳴き声が伝わるとき
ああ、母よ
わたしはとても
大きく息することができない

わたしはとても
目を大きく開けることもできない

こうして長い時間が経ち
わたしはそっと遠方を眺める
空にはすでに子雁の姿はなく
地にはすでに子雁の鳴き声もない
ああ、母よ
そのときあなたは泣いた
わたしをきつく抱きしめ
ずっとすすり泣いた

異郷にも星はでるのだから
そうして女は
嫁に行く年齢になれば
遠くに行くのだから
いつの日か知らぬが
赤い絹をつけた馬で遠い山に向かい

わたしは振り返って見る
夕日がはやくも
故郷に通じる小径を断ち切った
ああ、母よ
わたしはそのとき見た
あなたは一人小高い丘の上に立ち
皺の目立つ両の手で
年老いた顔を支えて
——すすり泣いていた
ああ、母よ
今日になってはじめて
わたしはこころより理解した
なぜ子雁は立ち去ったのか
あなたはなぜ
あのようにこころを傷めたのか
ああ、母よ
わたしの最愛の母よ

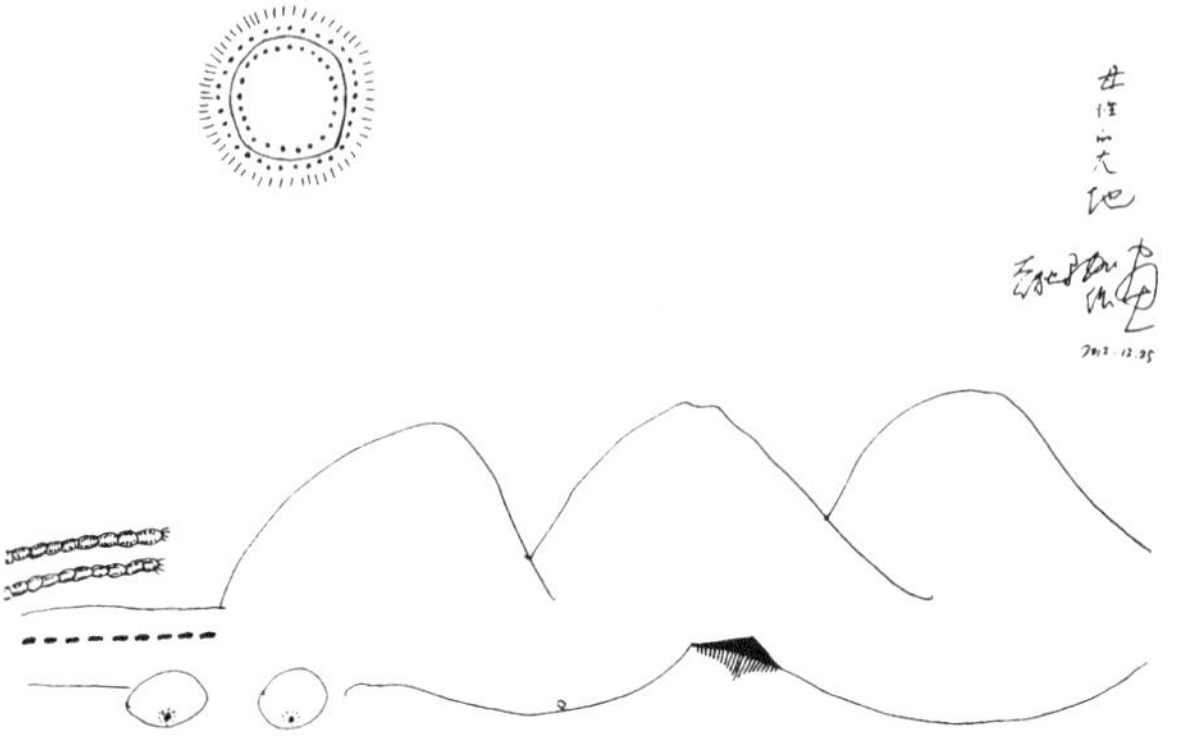

沙洛河《シャールオ》

この大地に横たわり
わたしはいつしか眠りにおちた
(お前のこの温かい
わたしのものである故郷
もっともこころ震わせるメロディーよ
わたしはお前の夢のなかで眠る)
この大地に横たわり
わたしは快い眠りから目覚める
(お前のこの自由な
わたしのものである民族
もっとも崇高なる血よ
わたしはお前の秘かな呼びかけで目覚める)

沙落河:詩人の故郷の涼山彝族自治州喜徳県に流れる河の名。

達基沙洛故郷《ターチーシャールオ》

すべての苦しみと
すべての哀しみがここから来る
不幸な伝説も神秘的にみえ
夜はすべて憂いに満ちている
血腥い争いはここで起き
十二歳の叔父は身内によって犠牲になった
それがわたしの単調な日々
過ぎ去った歳月が遺した暗い影
夏の夜の星くづは瓦屋根の上でことのほかうっとりしている
それがわたしの誕生
わたしの死亡
裸の子どもが土塀をよじ登った
そうした平凡な生活

母親の笑顔のなかには愁いが隠されていた
ああ、これこそがわたしを生み育ててくれた故郷
たとえある日わたしが華麗豪華な石姆姆哈に着いても
わたしは泣き叫びながら母の胸に戻りたい

達基沙洛：詩人の故郷の涼山彝族自治州布托県にある地名。
石姆姆哈：地と天のあいだにあるところで、死後の魂が最後に必ず行き、悠然自適な生活をおくると考えられていた。

待つ——彝族の女のたわごと

暖炉の周辺から石臼あたりまで、
昼はわたしたちにとって、すぐに
消え失せる。その後
木の階段を上る、そして
体を丸めて眠るのだ。
毎日がそうであり
毎月がそうだった。
たとえ深夜に目が覚め、月と
星が見えても迷いは消えない

たとえわたしたちが山のふもとから
町に行き、丸鏡を買って戻っても
鏡は遠い風景を照らし出せない。

木のドアの前に坐り
一本の針で夢を突くのがよい、ときには
指を傷つけるかもしれない、だが
けっして憂鬱な歌声を妨げることはないだろう。

何日のことだろうか
空が明るくなるといつもオンドリの鳴き声が聞こえ
ただその赤と黄と黒の衣装が目に入ると
だれもが言う、ほんとに素敵な刺繍！
ああ、明日は松明祭だ、
温かいわらの山では、だれかが
わたしの疲れ果てた関節があげる悲鳴をきいている

（松明祭：旧暦六月二四日ころおこなわれる最も盛大な民族行事。男は相撲に似た格闘技や乗馬レースに興じ、女は着飾って歌や踊りをたのしむ。）

大涼山と別れる

一

邛海《チオンハイ》の呼吸が夜の静寂のなかで息づき
鍋庄石が遠いところで黙考しはじめるとき
満天に数々の星が煌めき
香しき大地はすべて緑の風のなかで
たゆたう
わたしの願いは消え失せ
わたしの思いが　なくなるとき
大涼山よ、わたしは出ていく、足音をしのばせて
（そのとき初めてわたしは大涼山の
内に秘められたあなたの愛を感じた
それはわたしの寡黙な母親のよう）

二

わたしの魂の伴侶
わたしの忠実な黒い眼の恋人よ
お前はちょうど紫のスカーフを解き
家屋のなかを温かい海に変える
その海にはお前とわたしの船
慌ただしく出ていくわたしのために
あの重たい木のドアを開けてはいけない
わたしの祝福とお前の微笑み
あの愛の風がお前に告げるだろう
こころをこめてお前と別れの握手をするとき
わたしは相思樹に寄りかかっている
大涼山よ、わたしは出ていく、足音をしのばせて
(そのとき初めてわたしは大涼山の
母なる大地が

（永遠に我が愛の船の停泊港だと知った）

三

わたしの友に孤独の日があったら
あの生い茂る相思樹の下に行きたまえ
そのときお前は耳にするだろう
風と木の葉が魂に訴えることばを
そのときお前の夢のなかの星々は
幾度となくわたしの目の前で輝く
そうしてわたしはこころからお前の眼光を待ちわび
高原のあのふるい太陽を思い描く
わたしの深い気持ちが風とともに歌い
わたしの愛情が小川にそって流れだすとき
大涼山よ、わたしは出ていく、足音をしのばせて
（そのとき初めてわたしは
夢のなかの相思鳥が

すでにお前の樹のなかに迷いこんでいると気づいた)

(邛海：四川省涼山彝族自治州西昌市にある標高一五〇〇メートルほどの湖の名。)

鍋庄石：彝族の家のなかの暖炉にある三個の玉を刻んだ石。鉄鍋を支え、同時に装飾ともなる。

売りに出された猟犬

かつての自由を失い
首に縄をかけられ
犬業者によって市場に送られた
かつて痛苦と悲哀のために
頭を深く垂れ
人間どもがどれほど笑おうと
一声も発しない

自分の運命は分からない
市場にいる
すべての犬同様
結局はつぶされることになる

そのとき犬はあの一声を思い出す
荒々しく思い切り吠え立てたあの叫び声
けれど犬は鋭い直感で
はっきりと分かっている
この喧しい場所には
食事中の人と犬業者と屠殺者だけ
だれ一人犬に情けを抱く者はいない

老いた歌い手

少女のころの歌を唄い終わり
あなたははにかんで、頬を染める
その年老いた眼が突然
あたかも二つの魅力的な星となり
顔いっぱいの皺に沿って
あなたはふらつきながら自分の記憶のなかに歩み入る
ああ、それは雨風にたたかれた大地
その褐色の地の周辺に
あなたは女の最も貴重なものを隠している
それはあなたの昼の太陽
それはあなたの夜の月
あなたの瞳孔のなかで虹が立ち上がる
けれどそれは湖の岸辺の幻覚の虹だ

そのとき夢いっぱいの昼と夜はどちらもあなたのものだが
男たちはみな夢のなかであなたから離れた
夜明けどき、彼らは出ていった
持ち去ったのはあなたの容貌、置いていったのはあなたのこころ
彼らを待つために
あなたは今もあのときの歌を唄っている

色素

おまえは風に乗ってわたしの麦わら帽子を吹き飛ばすがいい
雨を使ってわたしの麦わら帽子を濡らすがいい
雷の力でわたしの麦わら帽子を打ち砕くがいい
さらにおまえは
恥知らずな手段で
わたしの麦わら帽子を盗むがいい

母がわたしに言った　息子よ
あの象のように大きな山の頂には
永遠におまえのものである麦わら帽子があると
わたしは大きな山に向かっていき
そこでわたしは太陽を目にした
太陽は金色の網をなげかけていた

おまえは歯でわたしの衣服を噛み切るがいい
手でわたしの衣服を引き破るがいい
ナイフでわたしの衣服を切り裂くがいい
さらにおまえは
卑劣な行為で
わたしの衣服を台無しにするがいい

母がわたしに言った　息子よ
おまえの頑強な身体には
永遠におまえのものである衣服があると
わたしは自分の皮膚を撫で回した――
わたしの最も美しい衣服
それが褐色の波を起こした

問う人が…

アフリカの原野ではだれが
カモシカの数をコントロールしているのかと問う人がいる
また同じように
シマウマとバッファローの繁殖がさかんなのに
なぜ災いの元にはならないのかと問うている
それはライオンなどの肉食動物がいるからだという
かれらはこの野生の王国のバランスを維持している
世界は何によって滅亡するかと問う詩人がいる
水のための可能性が高いのか、それとも火のゆえか
ロバート・フロストはかつてこうした疑問を投げかけた
じつはこの疑問はこんにちすでにはっきりと氷解している
この世界を滅亡に導くのは水でもなく火でもない
なぜならすべての罪悪を作り出したのは人類なのだから

ロバート・フロスト：Robert Frost〈一八七四―一九六三〉、二〇世紀アメリカの偉大な民族詩人で、何度もピューリッツアー文学賞を受賞し桂冠詩人と称される。

わたしはあなたに言いたい

わたしはあなたに言いたい
わが故郷の達基沙洛よ
あなたはこんなにも遠く、 こんなにも測りがたい
あなたは白雲のなか
太陽のそばにいる

わたしはあなたに言いたい
わが故郷の達基沙洛よ
もしわたしが死んだら
決してわたしを城外の火葬場に送らないでほしい
わたしは怖いのだ
消えることのない一つの回憶が
呼吸する窓口を見つけられないことが

わたしはあなたに言いたい
わが故郷の達基沙洛よ
その愁いに満ちた旋律が
一つの河になる
遠方の親族どもが
わたしの身体を
この見知らぬ地から担いでいこうとする

わたしはあなたに言いたい
わが故郷の達基沙洛よ
山から来た以上
山に戻るべきなのだ
世界はこれほどにも広大だが
あなたの慈悲の懐に入って
はじめて我が魂は安息できるのだ

静寂

母よ、わたしの母よ
わたしはかつて高名な畢摩《ピーモー》に尋ねた
年長の蘇尼《スーニー》にも尋ねた
どのような所に行けば静寂を得られるのでしょう?
どのような時になれば究極の安寧を得られるのでしょう?
けれど畢摩たちは答えてくれなかった
ただ懸命に手のなかの法鈴を揺すり
手にした皮鼓を激しく叩いた
ああ、わたしは眠りたい

母よ、わたしの母よ
わたしは湖の静寂さを追い求めたことがある
大空の静寂さを
神秘の静寂さを

幻想の静寂さを追い求めたことがある
時が経ってわたしは初めて本当のことを知った
この世に静寂の場所など一つもないのだ
ああ、わたしは疲れ果てました

母よ、わたしの母よ
早くあなたの温かい腕を伸ばし
闇夜がやって来るときには
わたしの過去の夢をすべて忘れさせてください
ただこの転変はげしい日常で
深い愛のためだけに
あなたの息子は哀しみの詩を書いたのです
ああ、わたしはもう疲労困憊です

（畢摩：「『送魂経』を聴く」の訳注参照。）
（蘇尼：畢摩とならんで彝族の神職にたずさわる祈禱師。）
（法鈴：銅でつくられた高さ二〇センチほどの彝族の揺撃楽器。）

詩人吉狄馬加像・張得蒂作

メッセージ

わたしが渇望することは
君たちがかつて渇望したことです
わたしはたかだか一つの符号で
広大な星空にとっては
やはり一瞬にして過ぎゆく一筋の光には及びません

わたしは偶然のなかで
偶然を探していただけです
それはつまり幻想の河のように
わたしたちは笑いと涙を
虚無の砂漠に
撒き散らすのです

地球は大きいとわたしは考えていました
だが実際それはわたしの錯覚です
時間という海よ
わたしに語ってくれませんか
いま死者の姿はいずこにあるのでしょう?

ジプシー

昨日
あなたは原野で
思いのままに歌った

あなたの馬は
軽やかに走り回り
快活な眼は
善良さに満ちていた

今日
あなたは街の
真ん中に立ち
望み無く一人ぼっち

あなたの馬は
疲れ切った四つ足で歩み
文明の影が
すでにそれを
完膚なきまでに覆い隠した

キリストと将軍

あなたは彼の
もう一組の双手を
縛ることができますか？
彼は有形であり
また無形でもあります
かれは一人であり
また無数の人でもあります

あなたは彼の
魂がさらに
自由に飛翔するのを
阻止することができますか？
彼はあたかも陽光

さらには空気
彼は夢や伝説より
さらに神秘です

けれど将軍よ
わたしはやはりあなたに
ひとこと言いたい
人類の良心が
生きているかぎり
暴力に対する告発は
止まることはないのです

この世界の歓迎のことば

これは一つの偶然か？
それとも造物主の不思議な結晶か？
そうしたことはどれもみな重要ではない
あなたがこの世界に来たとき
わたしは先ず伝えようとは思わなかった
人類の愉しみは何かとか
人類の苦しみは何かなどと
けれどあなたに対するわたしの祝福は真心からのものだ

わたしはまだあなたの名前を知らないけれど
わたしはあなたを
全ての美しいものの化身と見なす
もしあなたが求めるなら

わたしはただ一言の詩をあなたに遺したいだけだ
――子どもよ、人を熱く愛するのだ！

最後の岩礁——艾青《アイチン》大師へのお別れ

岩礁は
没するとき
冷静だ
あたかもかつて海に面したとき
微笑みを浮かべていたように

岩礁が
消え去る
そのときは
岩礁が歌いあげた
この上なく優しい夜明けだ

岩礁は

ある種の象徴
ある種の命の象徴
その身には
嵐の遺した無数の
哀しみの傷跡が残されている

岩礁
それはいつまでも死ぬことはない
なぜならその自由な息遣いは
激しく逆巻く波を起こし
さらに一羽の鳥のように
人類の夢から飛び出して
嗄れた喉で歌を唄うから

（艾青：〈一九一〇―一九九六〉現代中国を代表する詩人の一人。右派として批判された一九五〇年代半ばに八行の詩「岩礁」がある。）

振りかえる鹿

一頭の鹿が狩人に追われ、逃れる術なく断崖に立った。狩人が発砲しようとしたとき、鹿は突如振り返り美しい娘に変わった。そして、狩人と娘は夫婦になった。

これは一つの
この世界に対する、すべての種族に対する啓示である
これは一つの美しい物語だ
願わくばこの物語がアフリカで
ボスニアで、ヘルツェゴビナで生まれてほしい
願わくばイスラエルで
パキスタンで生まれてほしい、
陰謀と虐殺のあるいかなるところにも生まれてほしい
願わくば人類が絶望の淵にあるときこそ
命と愛の奇跡が現れてほしい

土の壁

わたしは、イスラエルの石がユダヤ人を感動させるとは、いままで知らなかった。

遠くから眺めていると
土の壁は陽光の下で眠っているようだ

なぜだろう
わたしの意識の奥ふかいところで
いつも姿を変えて現れるのは
彝族の土の壁なのだ

わたしはずっと解読したかった
その中の秘密を
なぜならわたしがその壁を目にすると
哀しみが自然と湧いてくるから

じつは壁には何もないのだ

先住民に捧げる賛歌——国際連合の世界の先住民の国際年に

あなたを称える
それは土地を称えること
土地の河の流れを称えること
あの無数の人の住処を称えること

あなたを理解する
それは生命を理解すること
生殖と繁栄の理由を理解すること
誰が知っていようか　名も知られぬ幾多の種族が
かつてこの大地に生存していたことを

あなたを憐れむ
それはわたしたち自身を憐れむこと
わたしたち共通の苦痛と哀しみを憐れむこと

わたしたちが馬に乗り
結局は文明の都市のなかに消え去るのを見ている人がいた

あなたを愛撫する
それは人類の良心を愛撫すること
人類の美徳と罪悪の天秤を愛撫すること
何世紀ものあいだに、歴史は明らかにしている
もっとも残酷なのは先住民の受けた迫害だ

あなたを祝福する
それはタマネギを、ソバを、馬鈴薯を祝福すること
世界で最も古い食料を祝福すること
だからわたしたちは母が与えてくれた命と夢を
何のためらいもなく人類の平和と自由と公正に伝えなければならない

（国際連合総会は先住民族の健康を改善し、その土地と伝統を守ることに取り組み、一九九三年に「世界の先住民の国際年」を宣言して一九九五―二〇〇四年を「世界の先住民の国際の一〇年」、二〇〇五―二〇一四年を「第二次世界の先住民の国際一〇年」としている。）

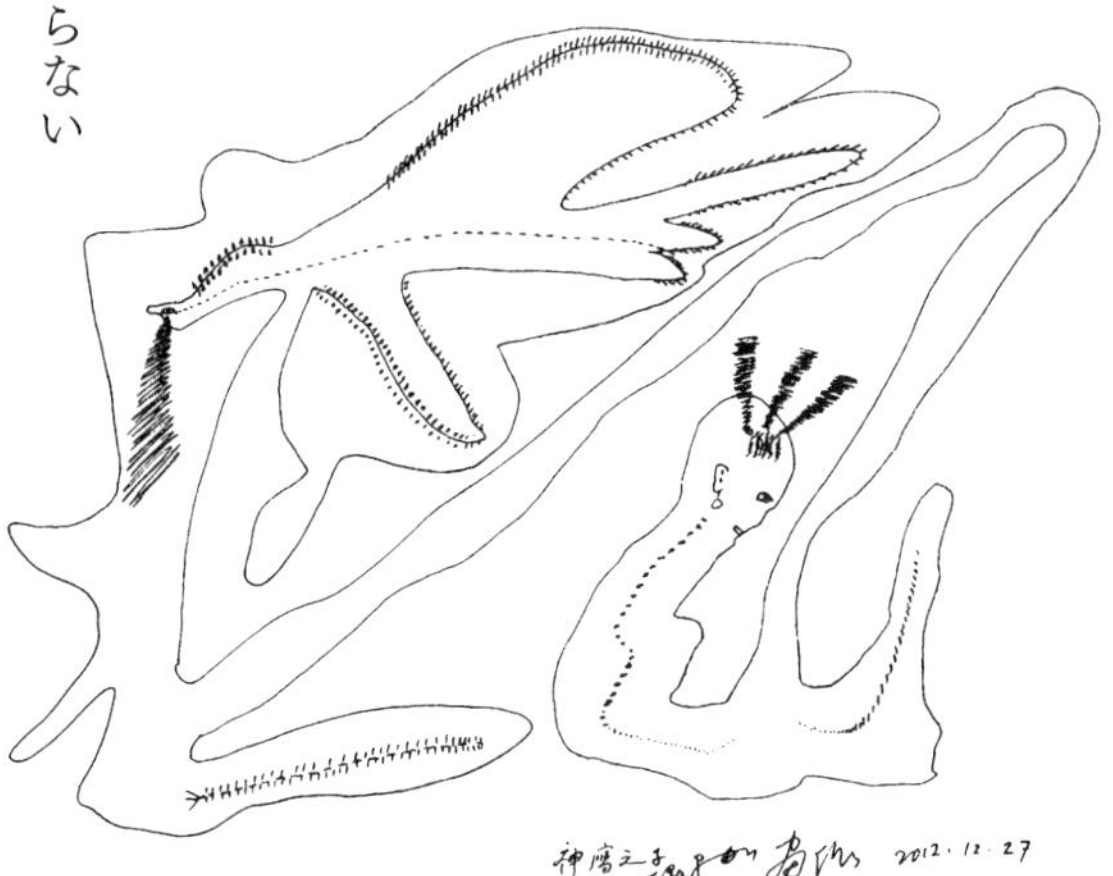

オキーフの庭園——二十世紀の最も偉大なアメリカ女流画家に

あるいはこれは寂しさの庭園か
この俗世を離れ遙か遠く
風が荒原の低地を吹き、わたしたちに教えてくれた
ここで待っている人が一人いると

ここは天帝に最も近い高地だ
さもなければあの天籟の
声が最後には色彩に変わり
この純な世界をゆっくりと通り抜けるはずがない

あなたの手は神秘な言語
牛の骨と石が飾られて黒いドアになる
あなたが死に臨んだとき

チョウセンアサガオのため息はかくの如く重かったと誰が知ろう

オキーフ、夢の化身
あなたの虚無と神秘はどちらも至高のもの
なぜならこの世の存在は、けっして
一人の女性の全てを証明したことはないから

（ジョージ・オキーフ：〈一八八七―一九八七〉は二〇世紀アメリカを代表する女流画家で、一貫して具象画を描いた。

なかでも牛の頭蓋骨や花、石、チョウセンアサガオなどが有名。）

二十世紀を振り返って——ネルソン・マンデラに捧げる

時間の岸辺に立つ
それは精神に属する高みに立つこと
わたしは二十世紀を振り返る
そのときわたしには涙はなく
快楽と苦痛は見知らぬものに変わり
わたしは別の空間に立っているかのように
人類の特別な歴史に立ち会っている

この百年は実に
戦争と平和がわたしたちの身近にあり
暴力に対する訴えは未だに止まない
自由を謳う人がおり
民主に身を捧げた人もいた

けれど人類が一番多く体験したのはやはり専制と迫害だった
この百年は実に
無数の偉大な幻想が生まれた
けれど災難も続々やって来た
この百年は実に
多くの種族が、次々に文明の絶頂期を作り上げ
わたしたちは地球のどこかの場所で
こっそりと感激の涙を流したものだ
二十世紀
それは一部の人びとが平和の喜びに浸ったが
一部の人びとの眼は憎悪に満ちていた
黒人が大道りで人権を求めていたが
残虐な暴力が彼らの家々を襲った
わたしたちはカール・マルクスを知り
同時にニーチェも学んだ
アインシュタインの相対性理論の発見を目にし
同時にこの天才が最後にキリスト教に帰依したことを知った
かつては偉大な巨人の思想を無為なものに変え

無名な者の言説は印刷されて真理となった
アドルフ・ヒトラーのファシズムの主張をばら撒いたことがあり
マハトマ・ガンジーの非暴力主義を宣伝したこともある
社会主義を幾つかの国で成功させ
同時に国際労働運動を低調にさせたりもした
フロイトの汎性欲説が誕生した年代に
ホメイニとイスラム革命を推賞したことがある
マーチン・ルーサー・キングの名を全世界にとどろかせたが
その代価として彼は銃殺された
アフリカではボカーサのような人肉を食べる独裁者を生み出したが
同じアフリカに人類の英雄ネルソン・マンデラを育てた
ベルリンの壁を一晩で壊したが
チェチェン人とロシア人のあいだに憎悪を作りだした
アラブ人とユダヤ人の真の和解ができないうちに
コソボでは新たな危機と衝突が生まれた
人びとを性の快楽に溺れさせたあと
最後にはエイズという病の苦しみを受け入れよという
確かに人類は遺伝工学の恩恵を受けたが

その精神は発達した文明の泥沼のなかで異化した
情報時代の技術は
ラテン・アメリカの最も遠い僻地の部落まで及んだ
けれど硝煙の絶えぬところで一つの文化が
別の文化を消滅させた
ヨーロッパでは人びとが待ち望んだ雪が降ったが
コロンビアでは大雨が滝となり
原住民の村を山津波で壊滅させた
月から遙か遠い美しい地球を眺め
どの民族もみな兄弟だと信じさせてくれた
けれどわれわれを宗教ゆえに分断し離れさせ
バルカン半島やエルサレムでは互いに殺し合った
高度な科学技術をわたしたちの必要な器官に取り入れたが
そうした器官は核武装の恐怖を感じている
ニューヨークでは株価の上昇が人びとの関心事だが
アフリカでは飢餓と疫病が時々刻々人びとを脅かせている

そうなのだ、二十世紀よ

わたしがあなたを思い返すとき
あなたはこのように謎であることに気づく
あなたは必然であり、また偶然でもあった
あなたが証明したのは過去であり
また未来を予見している
あなたは上帝が無意識のうちに失った
鋭利無比な双刃の剣のようだ

青春を懐かしむ——西南民族大学に捧げる

わたしはかつて時間を望遠したことがある
時間は濃霧の中の暁の星
微かな光を放っている
遥かな事物はみな忘却の彼方か
だが現実はわたしに告げている
時間は咫尺にいる、たったいま生まれ出たかのように
色あせた記憶は寂しき谷のよう
誰の声なのか、またも
図書館のドアの前でわたしの名を呼んでいる
それはある詩人のバイブル
アフマートワが預言した長き冬
わたしはかつて希望を抱いて待った
あの木陰に覆われた小径が

早くも寂しげな苔に覆われているのだろうか
あのころ詩歌こそが良心を歌っていた
だからわたしは大声でこの世界に告げたのだ
〝わたしは彝族だ〟

運命がわたしに自由を尊ぶことを教えてくれた
命と人権をなぜ守らねばならぬかが分かってからは
わたしは信じている、ある民族の深い哀しみが
わたしの詩歌を人民の耳に届くよう運命づけた
なぜならあらゆる岩がまだ深く寝ているとき
我が民族の黒い魂の乳を
その源から啜ったのはわたしだから
そうしてわたしの命はその時から始まり
すでに不朽と神聖に捧げられた
時間の旅路に従って
わたしの蹄の音は
幾つの駅舎を通り越してきたことか
疲労がおそってきたとき、わたしの夢がわたしに告げた

一度また一度と青春を懐かしむのだ！
青春の輝きと美しさがあって初めて
あの過ぎ去ったすべてが永劫になるのだから！

（アンナ・アフマートワ：〈一八八九―一九六六〉ペテルベルグ近くに育ち、アクメイズムの詩人として出発したロシアの著名な女流詩人。発表を許されない時代でも志を曲げず激動の時代を生きた。邦訳に『ヒーローのいない叙事詩』などがある。）

大地に感謝

わたしたちが生まれるときは
一つの方式があるだけだが
どのように死の扉を叩くかは
千差万別だ
大地についていえば
どの種族であろうとも
みな自分の魂のなかに
父と母の姿を探す
わたしたちに命を与えてくれたのは大地だ
人類の子孫は
その永遠なる揺り籠のなかで人口を増やしている
わたしたちに言葉を与えてくれたのは大地だ
わたしたちの詩歌は

この古くまた若い世界に隈なく広がっている
わたしたちは星空を仰ぎ見るとき
大地の胸に横たわっている
そのときわたしたちの気持ちは
秋の風に連れられて
とても遠いところへ飛んでいく
大地よ、これはなぜなのだろう?
往々にしてこのようなときは
わたしのこころはそれまでなかったような不安で一杯になる
人の一生はどれも大自然から恩恵を受けるが
わたしたちの貢献はまことに取るに足りない
引き潮のさいのアルカリ性土壌には
冬ナツメの木が傲然と育っているはずだ
土地がどんなに痩せていようとも
その果実は重さゆえ樹木の枝先を折る
これは育ててくれた大地への恩がえし
人類よ、わたしたちはその傍らを通り過ぎるとき
手を挙げてこころからの敬意を示そう!

彼女たちへの愛——わたしの姉と叔母たちへ

わたしは彼女たちの恥じらう表情が
そして項にかかった銀製のお守りが好きだ
黒のチョッキを身に掛け
羊毛で編んだ赤いスカートを穿き
いかにもぎこちないその仕草
純潔な輝きの双眸
彼女たちが微笑むとき
赤銅色の細長い指が
明眸皓歯を遮る
わたしの故郷の吉勒布特《チーロープートー》では
うっとりと見とれる人たちばかり
夢のようなその立ち居振る舞いに連れられて
彼女たちの高貴な風格は

わたしたちのふるい文明の粋そのもの
その比類なき美しさと荘厳さは
わたしたちの偉大な民族の輝きの結晶！

（吉勒布特：「回答」参照。）

自由

わたしはかつて本当の智者に問うたことがある
自由とは何かと
智者の回答はいつも古い書物からの引用だ
それが自由のすべてとわたしはみなす

ある日、那拉提《ナーラーティ》草原で
夕方のころ
わたしは一頭の馬が
悠然と走るのを見た、目的もなく
酒に酔った一人の
ハサックの騎手が
馬の背で熟睡していた

そうなのだ、智者の説明は自由の含意だ
けれど誰がわたしに教えてくれよう、那拉提草原で
あの馬と騎手の
どちらがより自由なのかを?

(那拉提草原:新疆ウイグル自治区伊犁ハサック自治州にある草原の名。)

絶望と希望の間で——イスラエルの詩人イェフダ・アミハイに捧げる

わたしは知らない
エルサレムの聖書の
最終節には何が書かれているのか
だがわたしは知っている
ベツレヘムから出発し、一番ルートのバスが
珈琲館を通り過ぎるとき
そこに起きた爆発、そしてまた
ある絶望の後の希望が
あっという間に水泡に帰してしまったことを

わたしは知らない
哀しみを用いて
生と死の重さを測ることができるのか

エルサレムの土地の隅々で
すべては繰り返され慣れていく
けれどたとえそうであっても、わたしは止めない
暴力に対する訴えと
平和に対する渇望を
わたしはもともと銃弾は
永遠に昨日のものと考えていたが
窓の外では、つまり今日にも
鮮紅の血痕は
子どもたちの悲鳴をよんだ
だから、わたしはもう至高の想像力を信じない
それは暴力の循環が
我らの一千の希望を
唯一の絶望に変えてしまったから

この町の歴史は
一種の宿命のようだ
誕生のその日から

裏切りと憎悪が人びとについて回った
ここの石をなぞること
それは人類の涙をなぞることだ
(なぜならこの地で石の声をきくと
すすり泣きの声だけが聞こえるのだ)

私は知らない
エルサレムの聖書の
最終章には何が書かれているか
けれどわたしは知っている
エルサレムという古い町は
希望と絶望のあいだで
一本の道だけが唯一の選択
——それは平和!

(イェフダ・アミハイ:〈一九二四―二〇〇〇〉イスラエルを代表する詩人。ドイツのユダヤ教徒の家に生まれ、一九三六年にイスラエルに移住。大胆な口語を使用した詩で国民詩人と称される。邦訳に『エルサレムの詩　イェフダ・アミハイ詩集』がある。)

生命への畏敬——チベットガゼルに捧げる

わたしはどうしても
君たちに謝らなければならない
たとえどのピストルが
君たちを射貫いたか知らなくとも
そうしてまた、わたしは君たちに
説明しなければならない
わたしは知らないのだ
いったいどの銃弾が
黒々とした
——銃身を突き抜けて
君たちの同胞を射貫いたかを

君たちに謝る

君たちは
青藏《チンツァン》高原の
紛れもない主人
この境域の
至高無比なる魂
君たちの
存在があればこそ
持続する生命力は
極限を超え
さらに一つの速度を
奇跡に変える
君たちは雪山の
永劫不変の姿
原野のなかの
暗闇に輝く白銀
君たちの移動はいつも
危険なしには行えない
太陽部落の

死生輪廻の家族のなかで
君たちは永遠に
勇気と自由を象徴している

ああ、君たちに謝る
わたしはなんと
怖れ卑しかったことか
わたしの身体に
君たちの血痕は
ついていなかったとしても
わたしはまた
君たちに対するいかなる
陰謀の集会に加わらなかったとしても
事の真相が
ついには
世界の面前に暴露されるとき
わたしは一人の人間として
羞恥をおぼえる

なぜならわたしたちはすでに知っているから
この一大殺戮の
計画者は
まちがいなく他の動物ではなく
万物の長である
——人間なのだ！

わたしを赦してくれ
わたしたちを赦しておくれ
今日君たちに謝る
わたしたちは他の
名義を使って
この地球上の
人類以外の
他の命ある個体を
代表することはできない
なぜなら君たちにとって
それらに罪はないのだから

君たちに謝る
これは道徳と良心の
審判だ
わたしたちは選ぶことなどできない
なぜならこうして初めて
人として君たちと
この土地で
共同生活をおくるのが赦される
と語る権利ができるのだから

君たちに謝る
わたしたちにはただ
一つの名義があるだけ
それは人としての名義
あるいは人類としての名義でもある!

(チベットガゼル:体調一・二メートルほどのウシ科の動物で、中国では希少動物として保護されている。背は灰褐色で腹は白い。単独でまたは小さな群れで行動する。)

(青藏高原：チベット自治区、四川省西部、雲南省西部、青海省、新疆南部、甘粛省にまたがる四〇〇〇メートルを超える中国最大の高原。)

この世界の河の流れに

わたしは分かっている
わたしがかつてあなたを賞賛した
それは土地と生命を賞賛したことだ
この世界で
幾人もの詩人と智者が
様々な文字であなたを賞賛した
なぜならあなたの存在が
幾つもの詩篇を生み
人類の経典になったのだから
たしかにわたしが最初に
あなたを母親に喩えたのではないが
あなたの母乳は千百年来
広大な大地と
大地に暮らす人々を養ってきた

わたしは分かっている
初めての神話を創ったのはあなた
無形の手でこの金色の岸辺に耕作をはじめたのはあなた
そうなのだ、人類のあらゆる文明は
ことごとく河の流れがあってこそ
無限の生の機会に恵まれる
わたしたちは河の流れを畏敬する、それは一つの象徴であるから
その気高い名前は一冊の史詩だ
それは人類の歴史を進歩と苦難の両面から記録している
わたしたちは文明に敬意を表する
それは実にこの偉大なる河の流れに敬意を表すること
わたしたちに知恵を授けてくれたのは河の流れであり
異なった種族の言語と文化を与えてくれたのも河の流れだ
同じようにわたしたちに
千差万別の生活様式と信仰を与えてくれたのも河の流れなのだ
わたしは分かっている、河の流れよ！あなたは比類なき美しさだ
それは睡眠中の少女のよう
あなたが夢のような田野を流れ過ぎるとき

実はわたしたちに詩歌と愛情をともに与えてくれている
そうなのだ、どれほどの民族のこころのなかで
あなたは正義と自由の化身であり
人類の良心と涙であることか
あなたは弱者を助け、非圧迫者に寄り添う
あなたのいくつもの聖水で、沐浴するのは人間の魂
あなたが不幸な人びとに向けて
送るのはいつのときも生活の信念と勇気
わたしは分かっている、人類はあなたに深い傷を与えた
わたしたちが流れの絶えた河岸や
汚染されたあなたの身体を望見するとき
わたしたちの後悔には哀しみだけが満ちている
そうなのだ、河の流れよ！わたしたちはあなたに約束する
あなたの歌声と栄光を護るために
わたしたちは己の命を捧げることを惜しまない
河の流れよ、人類の永劫の母よ
もう一度あなたの懐に帰らせてくれ
もう一度あなたの尊厳とあなたの名前を呼ばせておくれ！

記憶の中の小型列車——遠距離小型列車に

それは一台の
名実そなわった小型列車
通り過ぎるとき
運転手は窓から顔を出す
その喜びの表情は
彼を目にしたすべての人に
ほかにはない幸せの思いを届ける
小型列車は無数の
名前のある或いは名前のない
プラットホームに停車する
市に急ぐ人びとは
ある村から
いまだ行ったことのない町に急ぐことができる

列車は混んでいる
人のほかに、麻袋のなかには子豚
ウーウーと低い鳴き声
竹籠のなかにはオンドリ
動物たちは闇夜のうちから
希望に満ちた夜明けに向かって移動する
ひっきりなしに起こる高揚した鳴き声
列車には色とりどりの女が乗っている
彼女たちはあちこちにかたまり
口元をおさえてひそひそ話す
水タバコを吸う老人は
永遠に暗い隅に蹲っているかのよう
水タバコの匂いが空中に溢れている
なんでもそれは
名実そなわった小型列車
けれど、であるからには、その実、しかし
これはどうやら
記憶のなかの遠い昔の出来事のようだ

なんでもそれは
名実そなわった小型列車
それは伝説にでる一つの物語
あるいはまた夢のなかの河の流れ
けれどすべては——
今日振り返ってみれば
なんとこころ温まることか
ときに名状しがたい哀しみがあるけれども
わたしたちの両の眼は涙で溢れている！

ダンテを訪ねて

あるいはこれが天国のドア？
それともこれは地獄のドア？

いっそのことベルを押そう
わたしは待っている
ドアが開くのを

遅々として音沙汰がない

この夜ダンテはどこへ行ったのか
誰が知っていようか？！

忘れえぬこと——わたしの生まれた土地と幼き日々

わたしは多くの夢を見た
夢の中で最も多く目にしたものは
わたしが生まれ育った小さな町の昭覚《チャオチュエ》
ああ、あの頃の
何の憂いもない幼き日々
群山の懐に抱かれて眺めていた
変わりゆく季節の神秘さ
万物は天と地のあいだで
そっと生命の形を変えていった
あの無限の原野の中で
白銀のように透明なトンボの羽
夜の帳が下りるころ
一人無人の高地に横になると

言葉はなく、何の思いも浮かばない
ただ呼吸と生命が
時間と宇宙のあいだに落ちていく
わたしは死を早くも意識した
だが永久と希望とを求めて
わたしのこころの奥深いところに
生きようという思いがわき上がった
いったい誰が想像しようか、私のこの
少年時代のかくも美しい姿を
忘れえぬことは
星空のもと一人交わした約束
民族の良心ある詩人として
わたしは言おう、すべてはここから幕が上がったのだ！

（昭覚：涼山彝族自治州に一七ある県の一つ。）

ティワナク遺跡

風が大地を吹き抜ける
生誕と死亡を吹き抜ける
風が大地を吹き抜け
この大地の
あらゆる生命の辺境を隈なく吹く
語根を忘れ
記憶を忘れ
駆逐を忘れ
鮮血を忘れ
ここでは忘却だけを信じるらしい
だが数千年来
ここには一つの争えぬ事実がある
深々とした峡谷や山中に

一人、二人、無数の原住民が
孤独のうちに歩んでいる
その厳粛な表情は
涙を浮かべ、押し黙ったまま
わたしは知っている、彼らが向かう目的地を
それは無数の高貴な魂が
回憶と尊厳に通じる場所
わたしは知っている、星が満天に宿るとき
罪状は天幕によって隠蔽される
わたしには勇気がない、このようなときに
太陽石の正門は
真夜中に生贄のために開くものなのか
ティワナクよ、原住民の大地の臍よ
どうか赦してほしい、今日
わたしは民族精神の復興のためにすすり泣く！

（ティワナク遺跡：ティティカカ湖近くの三〇〇〇メートル以上の高原に紀元前三世紀から一二世紀ころまで栄えた重要な古代文化遺産。）

祖国——パブロ・ネルーダに

わたしは知らない
あなたが地球のどれほど遠い地に行ったかを
ただわたしは知っている
あなたはついにこの地に死んだことを
チリの岬で
あなたの死は
睡りと同じ
そうしてあなたの本当の生命は
死を超えてあるのだ
わたしたちは神に感謝しよう
あなたは毎日毎時大海の声を耳にしている

（パブロ・ネルーダ：〈一九〇四―一九七三〉二〇世紀のチリの偉大な民族詩人で、一九七一年にノーベル文学賞を受賞した。邦訳に『ネルーダ詩集』『二〇の愛の詩と一つの絶望の歌』など多数がある。）

顔立ち——ガブリエル・ミストレルに

これはだれの顔？
砕けてばらまかれた荒原で
巨大な静寂がわたしたちを覆う
その赤ずんだ岩石の高いところでは
紫の生命は天空に最も近い
一陣の風がそっと訪れ
枯れた木々の小枝を揺らす
それは明らかに一つの自由な魂
黎明がほどなく分娩すると知らせている
ここには死は存在しない
死は別の符号に過ぎない
夜の帳が降りるとき、あなたの永劫なる存在は
さらに一つの真実を証明している

あなたはこの茫漠とした大地の女王だ

（ガブリエル・ミストレル：〈一八八九―一九五七〉二〇世紀のチリの偉大な女流詩人で、一九四五年にラテンアメリカで初となるノーベル文学賞を受賞し「ラテンアメリカの母」といわれたた。）

バラの祖母

チリ・バタコニア地区のカワスカル族の最後の先住民に捧げる。
彼女は九十八歳まで生き、〝バラの祖母〟と称えられた。

あなたは風の中で
崩れ落ちた最後のバラの花
あなたが立ち去ったために
この世界は瞬時のうちに
すべて暗闇のなかに入りこんだ
あなたは亡くなった身内を限られた時間で振り返る
それは広大な星空のなかで
母の唄う揺り籠の歌を聞くようなもの
あなたを悼む、バラの祖母よ
わたしが一本の老木を悼むように
この無限の宇宙空間のなかで
あなたは砂漠のなかの一粒の塵埃
明日の風に

どこへ吹き飛ばされるかわからない
わたしたちは一つの生命が消えたことを哀しむ
それはその生命の遺伝子が
すでに大地の子宮から永遠に死去したから
そうであっても、この地球という星の極地で
わたしたちは依然として思い起こす
殺戮、迫害、流民、苦しみ
そうした人類最古のことばを
バラの祖母よ、あなたの死は人類の災難
なぜならわたしたちにとって
これからはもう一人の
カワスカルという名の先住民を探しだすことはできないし
あなたの民族が
生命の郷に通じる小径を探し出すこともできないから

嘉那《ジアナー》のマニ石の上の星空

わたしたちを呼んでいるのは誰？
石、石、また石だ
この神秘的な気配はみな石から来ている
その輝きは暗黒の心房にある
それは六字大明咒の羽衣
石の姿を借りて
もう一つの形を作っている

石の一つひとつが落下している
時間という海洋に身をおくかのように
石の回憶は智者の宿りと同じで
最後まで生と死の淵を滑走し
その思いは強固な根を生やしている

それは無色の花が
不朽の殿堂にこっそり満開の花を咲かせたよう
それは恒久の記念碑
無言のまま無言を告げて
あらゆる生命に命あることを信じさせている
石は手元にある
それはつまり奥深い謎の書
誰が最初のページを開こうとも
過去と未来の真相を目撃できる
書中のどの言葉にも輝きがあり
雪山がそのなかに姿を現す
光明は引力を通り抜け、藍色の靄は
微かな音階

石の一つひとつは涙の雫
その煌めく幻影のなかでは
苦しみは和らぎ、哀しみは谺しない
それは唯一の通路

亡くなった親族を、こころ安らかに
偉大な路へと旅立たせる
それは英雄を葬礼する真の序曲
その神聖な済度の後に
連山はこの上なく澄みわたり、ウシとヒツジはさながら光明の使者
太陽の賛辞は万物に降りそそぎ
樹木はすでに透き通り、意識はほどなく忘れられる
このとき、立ち上るいくつもの白い炊煙だけが
わたしたちに教えてくれる
これは決して幻の故郷ではないと
なぜならわたしたちは目にするから
大地は死なず、命あるものは生き続けることを
夜明けに生まれた嬰児の泣き声は
この復活した土地が
万物に捧げる不朽の詩篇なのだ

嘉那のマニ石よ、わたしには
この世界にさらに多くの石があるのか分からない

なぜならわたしは知っているから
ここの石一つひとつが
どれもみな疑いようもなく生命体であることを
それらは生まれたその日から
すでに祈りの暗号が彫られていることを
わたしは想像する勇気さえないのだ
命を用いて創造した二十五億もの石が
別の命の形を勝ち取ったとき
そのなかに果たして何が隠されているのかを

嘉那のマニ石よ、あなたは現実の存在であり
また非現実の象徴でもある
わたしははっきり言える、あなたは奇跡を創造するために
この世界に来たのではない
なぜなら一つひとつの生命体に対するあつい愛情があるからこそ
石は涙のように柔らかくなり
言葉はそよ風を受けて何度も吟じることができるのだから
あるいは、この意味で言えば

嘉那のマニ石よ、あなたこそ本物の奇跡
なぜならその信仰の力により
はじめて時間と空間を超えた永劫を勝ちえたのだから

嘉那のマニ石は一つの方角を示している
その方角は一度も変わっていない、あたかもいま始まったばかりのように
それは時間の方角、輪廻の方角
それは白の方角、済度の方角
それは原野の方角、天空の方角
なぜならわたしはもう知っているから
ここから始めてこそ時間の入り口を開けられることを

嘉那のマニ石よ、深夜に
わたしは空から落下する恵みの雨を見た
恵みの雨は新たに置かれたマニ石の上に落ちた
わたしは知っている、この数千の石は
数千個のいま立ち去ったばかりの命を代表していることを
嘉那のマニ石よ、わたしがあなたを見つめるとき

夜空の星々は輝き
荘厳にして神聖な静寂が山々を取り囲む
遠くの白塔が高くなり
声なき河の流れは白銀の光を閃かせ
無限の空間が勝利を祝うように広がる
そのときわたしは唇が身体から遊離し
神聖な言葉が
思いだす術のない記憶をすでに打ち壊していることを知った
そこで、わたしはあたかもケサルになり
魂が神秘的な暗示を受けた
嘉那のマニ石よ、わたしを形作ってほしい
すべての大海をわたしのこころに注ぎ込んだのはあなただ
このような暗い夜に
わたしは思想と自我を忘れたホラ貝
そんなときは、わたしは演奏のための存在ではなく
わたしはすでに別のわたしであり、わたしの魂と思想は
とっくにこの高原の主権者となっている
嘉那のマニ石よ、おまえに向かって吟ずるわたしの声を聞いておくれ

わたしは正式の吟遊詩人ではないが
わたしの両の眼はもう涙で溢れているのだ！

嘉那のマニ石：青海省玉樹で嘉那というマニ石群があり、どの石にもチベット語の経文が彫られ、その数はチベット区のマニ石で最も多い。完全な統計ではないが、二十五億のマニ石があるという。

（六字大明咒：仏教の呪文の一つで、「六字真言」ともいう。マニ石に刻まれて広く信仰されている。）

（ケサル：青蔵高原に伝わるチベット族の叙事詩にでる英雄の名。『ケサル王伝』はケサル吟遊詩人によって今も歌われており、世界最長の文学作品といわれる。）

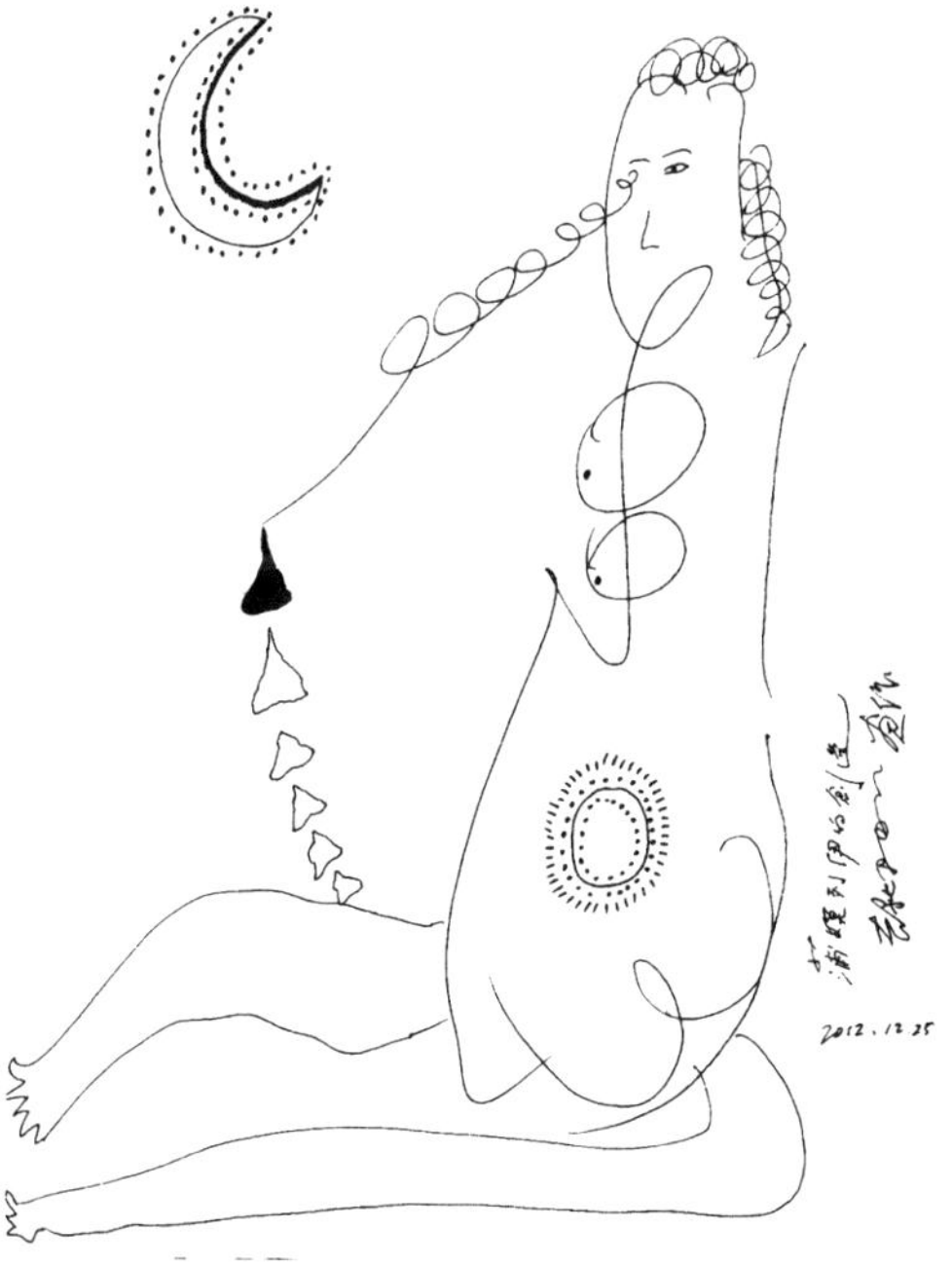

木蘭《ムーラン》

あなたは伝説ではない
あなたは伝説がつくる真実
あなたは物語ではない
あなたは物語がつくる不朽のフィクション
戻っておいで、日夜あなたを思っている故郷へ
戻っておいで、愛情いっぱいの家庭に
時間が記憶の中で燃え上がるとき
あの遙かな砂場は、夢のように
落日のときの涙、黄金の光を煌めかせる
木蘭よ、あなたは一瞬のうちに
あるいはあの出征の歳月のあいだに
すでに自分を完全に忘れさったのか？
木蘭よ、後世にまで残るこの名前

死してなお活きる女性
わたしたちはあなたに感謝する
それはあなたの経験したすべての
苦難と運命に感謝すること
わたしが信じられたのはあなたゆえ、もしも
生と死の選択に直面したなら
女性の勇気は決して男性に劣らない
木蘭よ、何度もあなたが復活した舞台に
もしもあなたが現れないのなら
この世界は空しさそのものに変わるだろう！

（木蘭：病の父に替わり男装して従軍し多くの手柄をたてた娘の名。多くの文学作品のテーマとなり、ディズニー・アニメ『ムーラン』でも有名。）

インディオのコカイン

あなたはすでに全てを剥奪され
残るのは
口のなかで噛み砕くコカイン
わたしは知っている
あなたがそれを噛み砕くときは
先祖の姿を見ることができ
胸に抱いた哀しみを
復活した死にさらけ出すことが赦される
そしてあなたは瞬時に
この公正さを失った世界を
しばし忘れることができる
けれど、わたしは知っている
これはすべてあなたにとってどれほど重大事かを

あなたはすでに無一文だが
残るのは
口のなかのコカインと
暗闇のなかの――希望だけ！

（コカイン：アンデス山脈地帯に生育し、多くのアルカリ成分を含み、インディオには神聖な植物とみなされて、嚙むと霊験が生じると言われている。）

コンドル

コルカ峡谷の空中では
飛翔が魂を重いものに変える
なぜなら空の高度だけが
大地の傷口をはっきり見せてくれるから
あなたは誕生からずっと時間を超越している
その強固な翼が空気を引き裂くとき
血は流れず、ただ羽毛の空《くう》があるだけ
ことばを深淵の中に投げ入れ
あなたは光と太陽の使者
賛辞と先祖の戯言を
一人ひとりの卜者の口元に送り届ける
あるいはこの綿々と連なる群山は
太古以来ずっとあなたの神聖なる領土

あなたは虐殺も陰謀も迫害も目撃してきた
あなたは苦難のなかの記憶、その記憶は
ただ一つの種族の化身
至高の首領、インディオの守護神だけを俯瞰する
あなたの存在ゆえに、炎や暗黒の深きところで
数多き災いは瞬時に消え去るのだ！

（コルカ谿谷：ペルー共和国の南部に流れるコルカ川がアンデス山脈を削って作り出した大きな谿谷。）

暖炉に仄かな火

わたしは誕生に思いを馳せ、死にも思いを馳せる。
吉勒布特《チーロープートー》のポプラの高い梢の上に月が昇るとき。
群山の上、暗闇の上の冴えた月光が藍色の天幕を照らす。
それは記憶がよみがえる前の大地、
わたしの昼と夜は初期の神話と伝説。
明け方の光りの中で、畢阿史拉則《ピーアーシーラーツー》の褒め称えた太陽は、
聖者がその温もりを用いるように
わたしの広野と心霊を呼び覚ます、同じように
わたしの羊毛の肩掛けの下でこっそりと立ち去る一族を呼び覚ます。
わたしは思いを馳せる、死にのぞんで思うあの日の夜、
暖炉には仄かな火が煌めき、親族らはうとうとしていたが、
演説者は休みなく話し続けた……。誰が忘れることができるだろう！
わたしの思い、それは光明と暗黒の隠喩。
河の流れが消えるところで、時間という光芒はつねに過去を照らし、

勇ましい騎兵隊が夢の周辺からやってくる、その白銀のように輝く
鞍は最後に言葉の深みに消え去る。そのときわたしは彼らを目にする、
わたしたちの忘れようもない先人と智者たち、彼らは
すでにこの土地の自由と尊厳の代名詞になっている。
わたしは我が祖先を崇拝する、それは
彼らが英雄の時代に生を送り、どの
口述史詩にもその名が伝えられているからだ。
もちろん、わたしは幸福なるときを歌う、それは
遠く他国に旅立った子どもが母親の傍らに戻ってくるのを目にしたからだ。
そう、あなたもわたしがむせび泣くのを見た、それはわたしの羊の群れが
すでに芳醇な草地を失い、明日どこに行くのかわたしにはわからないから
わたしは思いを馳せる、それはわたしの愁いが、決して愁いそのものではないから、
それは一人の人間として
わたしは常に過ぎ去ったすべての美しさに思いを馳せているからだ。

（吉勒布特：「回答」の訳注を参照。）
（畢阿史拉則：彝族の歴史上有名な祭司と文化の伝承者で、彝族自治州の金陽県に伝わる「畢阿史拉則伝説」は国の重要文化財に指定されている。）

アイデンティティ――マフムード・ダルウィーシュに

アイデンティティを失った人がいるが
わたしは無くしていない
わたしの名は吉狄馬加だ
わたしは一族の名を諳んじている
……吉狄《チーティー》……吉姆《チームー》……吉日《チーリー》……阿伙《アーフオ》……
……瓦史《ワーシー》……各各《コーコー》……木体《ムーティー》……牛牛《ニウニウ》……
それゆえ、わたしは信じている
「勒俄特依《ローオートーイー》」は真実だと
この詩史が生まれる前のこの地では
神鷹の血潮が、決まって
沈黙の空からやって来た
魂のものでもあるその道
同じようにわたしたちは、記憶の暗闇の中で

家路につく方角を探し出す
わたしに語りかける人がいるのも無理はない
アイデンティティを無くした人がいるこの世界で
わたしは幸運だ、なぜなら
わたしは依然として知っているから
我が民族の血の歴史を
わたしは依然として歌えるから
我が先祖の今に伝承している歌謡を
もちろん、ときにはわたしも恐怖にかられるときがある
なぜならそれはわたしの母語が
わたしの口元から離れおち
語素の葬礼が炎上しているようだから
そう、こうしたときはいつも
ダルウイッシュ、わが親愛なる兄弟よ
わたしは未だかつてない哀しみにしずむだろう
わたしは故郷を喪失した人びとのために
公平と正義を祈ったことがある
これは決して彼らが

生存するための大地を失ったためだけではなく
アイデンティティを失った漂泊者の
見守っているこころの故郷が
すでに壊滅の状況にあるからだ

（「勒俄特依」：彝族の歴史上有名な創世記の史詩。彝語の音に漢字をあてており、もとは「伝説の歴史書」の意味で口頭に伝わるもののほか多くの手書き本がある。）

（マフムード・ダルウィーシュ：〈一九四一―二〇〇八〉当代の最も偉大なアラブの詩人で、パレスティナ独立宣言の起草者。アラファト議長以来、史上二人目の国葬となった。邦訳に『詩集　壁に描く』がある。）

焔とことば

わたしはことばを焔に投げ入れる
なぜなら焔だけが
わたしの言葉を自由にしてくれるから
そうして初めてわたしの全てを
最後に焔に差しだすことができるから
(もちろん肉体と精神ともに)
わたしは我が先祖のように
昔からの儀式を繰り返す
全ての命を照らすのは焔であり
同じく焔によって
われわれは他界した親族に出遭う
わたしがことばを

焔に投げ入れるとき
暖炉の周りの全ての彝族が
永遠の暗黒を凝視していることに気づく
その周囲に、嘆息は聞こえず
雪族十二子の仮面だけがある
祝いの日の盛装のまま列に並んで通り過ぎる
彼らの会話は、沈黙そのもの
格言と諺は地に滑り落ちるが
永遠にこの世界の反響はない
不思議なのは、そうしたすがたの中で
真実はすでに死にたえたが、時間は
別の神聖なところで流れていることだ
まちがいなく、こうした夜があって
初めてわたしはわたし自身となり
詩人吉狄馬加となり
初めてわたしは知る人のいない霊通者になる
なぜならこの時刻に
わたしの舌先のことばと焔だけが

我が偉大な彝族の母語の深部に到達できるのだから！

雪族十二子：彝族に伝わる話で人類は雪族十二子から進化し生まれたという。

赦しは乞わない

この高くそびえる摩天楼が
気に入らないのではない
これは鉄筋とコンクリの奇跡だ
けれど、何故なのだろう？
わたしは今までそこから
こころの底で生じる暖かさを感じ取ったことはないのだ

宇宙を飛ぶ飛行体の早さに
かつて驚いたことがある
けれど、それは結局わたしの心臓の鼓動とは
遙かに離れていた
時には、いや、時にはではない、間違いなく
それがわたしにもたらしてくれた喜びは

この星で暮らすどのような慈母の微笑より
はるかに劣っている

誤解しないでほしい
わたしは今日の現実に対して
強い信念をなくしたわけではない
わたしはただ、牛命とこの世界が
互いに助け合うよう希望しているだけだ
まちがいなくわたしたちはみな
こうした経験がある
機械文明と物言わぬ鉄筋のあいだで
自我が囚われたとき
生あるものの呼吸はすでに死んでいる
もちろん、わたしは分かっている
素晴らしい願望が今まで全部消えたわけではないことを
いつごろ故郷に戻ってこられるのか?
ソバと燕麦《えんばく》の香りをもう一度味わうために
燃えるような鞍で、あの

白い肩掛けとマントが
発する星の墜落する音を耳にするために

赦しは乞わない
これは生活に対するわたしの見方だ
時としてつねにこのような光景があり
わたしを長時間にわたり感動させるから
一羽の小鳥が暴風雨のあとの夕暮れに
また木の枝を次々に咥えてきて
温かい巣を修理するのに忙しい

ここであなたを待つ

あなたは何者なのかわたしは知らなかった
けれど言い表せぬ思いで
あなたを高原で待つ
そこは何もない場所
ツオンカパでさえあなたの到来する時間を予測する術はない
占い師に助けを求め
同じようにヒツジの骨の焼き跡でも
あなたの神秘的な足跡と姿を見いだすことはできない
あなたはまだ到来していないけれど
遙か遠い空の果てにいるかのように
わたしはあなたのほの暗い気配をかぎ分けられる
あなたの顔を見ることはできないが
その黄金の仮面、暗い流れのなかの魚の群れ

遠い大海の微かな雷鳴と
黎明どきに草原を吹き抜ける風
じつはわたしはここであなたを待っている
この地球という星の十字路で
すでに長い時間が経った
わたしがあなたを待つ目的は
ひたすら一つの魂の
もう一つの魂に向けての渇望なのだ！

ツォンカパ：〈一三五七―一四一九〉チベット仏教のゲルク派（黄帽派）の開祖。その著作はチベット仏教徒の経典となっており、後世に大きな影響を与えた。

吉勒布特の木

原野にあるのは
吉勒布特の木

木の姿は
破れかけた記憶のように
秘密のことばを
伝えていく
応答はなく
ただ祈禱師の鍵だけが
翼のように
神の国土を
通り抜ける

木の枝は伸び
大気の静寂を破る
木の葉はどれも
沈思する宇宙と
目には見えぬ鳥を凝視している

暴風がやって来たとき
馬の目は
純粋な色合いをしているか?
その灰色の頭髪と土塀の色合いは
すでに白昼に消え失せた

木は身体をかがめている
夏の最後の夜に
幻想の鳥のねぐらは
地球のさらに遠いところへ漂う

これは暗い海洋だ

何の音も聞こえない
吉勒布特の無限の原野に
夢のような木のシルエットだけが
束になって現れる、それが唯一の光！

（吉勒布特：「回答」の訳注参照。）

あなたの気配

あなたの気配が空間に満ちている
あなたの気配が時間の体躯に満ち
大海の急な岸辺に歯痕を留め
稲妻を砂漠の頂に植えこむ
そんなときに
あなたは誰なのか？
けれど、はっきりと感じとることができるのは
急速に落ちていく魂
藍色のゾーンにまで落ち込み
時に上昇しているさまを見いだす
それは一人の盲いた者の瞳孔のように
金色の光りが未知なる港湾を目指している

あなたの気配は
大地に生えるヨモギの気配
それはわたしのよく知る様々な植物の色
形はなく
声もない
それが現れるときはいつも
欲望が復活し始め、猛然と組織される
沈黙の木は渇望の声を出す
そのとき、さらに見ることができる
遠い群山が揺曳しているさまを

それは永遠に起伏する波浪
大海の呻吟と燃焼
言葉をもたぬ呼びかけ
最も原始的な旋律
クジラの自由なアーチライン
海底から伝わる貝殻の叫び
わたしは知っている、この永遠の飛翔と墜落を

それは光の矢
炎
止まらぬ血潮
恐怖と死を溶解する砂浜でなければ
忘れ去った自己を瞬時に探し出すことはできない

これは誰の気配なのか？
その到来になぜ名をつけないのか？
こうした気配をわたしはかつて感じたことがある
それは荒くれた暴風雨の記憶
暗黒のなかの一つながりのトルコ石
春の日の種子
原野のなかのジャコウジカ
大地のさらなる深みに咲くバラ
およそ命を育む母の腹に
擦ることのできる
湿った滑らかな水

これは誰の気配なのか？
それはわたしを包みこみ、わたしを覆う
わたしがはっきり目覚める前は
それは誰なのか、ほんとうに分からない

我らの父の代——エメ・セゼールに捧げる

昨晩わたしはエメ・セゼールのことを思った、尊敬すべき人だ。
昨晩わたしは帰郷するすべての人のことを思った、
彼らの憂いに満ちた視線には期待が満ちている。
エメ・セゼール、わたしは全く分からない、その帰郷の道は結局どれほど長い道のりだったのか？
けれどわたしは知っている、私たちは帰郷しなければならない、
それがどれほど遠い道であろうとも！
エメ・セゼール、わたしはもうあなたの黒い意識のなかに見た、
この世界に対するあなたの憐れむこころを。
なぜならあなたに親しんだ魂、あなたの涙を目にした人は誰も、
黒人であれ白人であれ、黄色人であれ、
みな信じているから、あなたのすべての詩はある種族が立ち去り帰郷する記憶であることを。
エメ・セゼール、アフリカの飢餓は今日に至るもまだ絶望の口を開けている。
わたしは天の公平さを信じたことがあった、けれどこの地球という星では、
不幸を負った多くの人びとが日々の生活を送り、

公平と正義はいまだ彼らの頭上に降り注いではいない。
エメ・セゼール、わたしはあなたのお陰で彝族の先代と故郷に思いをめぐらせ、
果てしない群山と一つひとつの深い河の流れを思う。
さらにあの瓦の屋根。群れをなすウシとヒツジ。目を大きく見開いた子ども。
赦してほしい、今に至ってわたしは初めて知ったのだ、亡くなった先代の前で、
わたしたちの生存の知恵は退化し、わたしたちの夢は
いわゆる文明の大空に早くも消え去った。
畢阿史拉則《ピーアーシーラーツー》の言葉は人知れぬ鋼鉄とセメントの季節に死に立ち会った。
そうしてわれわれは出発点からすでに遠くに来た。
そうなのだ、エメ・セゼール、わたしは父の代が自慢なのだ。
なぜならかれらは幼いころすでに、ふるい格言と
部族の紛争を解決する諺を暗唱していたから。
かれらの目はタカのように鋭かった。
かれらの自信に満ちた視線は湖のように静かだった。
女たちの物腰は極めて頑なで、朶囉荷舞《ツォルオホーウー》を踊る姿はどのときも、
大地を白銀の輝きで一杯にすることができた。
それは父の代だ。父の代はよく輝く連発銃を好み、
達里阿宗《ターリーアーツン》のような駿馬を愛し、神聖なる伝統を信じ、先祖の力を疑わない、

その物語を語る無比なる能力は、部族の千年来の儀式の呼びかけから来る。

彼らは生命を熱愛し、さらに重要なのは死を怖れなかったこと。

そうなのだ、エメ・セゼール、父の代はアイデンティティの価値を失うことはなかった。

彼らは自分の先祖に誇りを抱いていた。なぜなら彼らの口伝えの家譜に、
無数の智者と徳古の名が記載されているから。

裸足の彼らは、ヒョウの敏捷さ。カモシカの素早さ。

戦いに出向くとき、彼らは茫々たる群山や峡谷を走りまわった。

そのホエジカのような触覚で、夜明け前の霧を突き抜けることができた。

彼らはタカとトラの息子。

高い山頂に立ち、かれらの頭につけた英雄飾こそ、一束の燃え上がる炎。

彼らの屈強な身体をつくったのは塩と形の見えぬ山の風。彼らは誕生の日から、
自由と尊厳を自分の骨髄に埋め込んだ。彼らは彝族の独自の
創世史詩をもつ時代ののちに、
遺されてきた、最後の、偉大な自然の子であり英雄の化身だ。

エメ・セゼール、あなたは死んではいない、あなたの後ろ姿は依然として帰郷する道を前に進んでいる。

あなたは孤独ではない。あなたと共に行くのはこの世界の何千万の帰郷者と永遠に故郷を渇望する魂だ！

エメ・セゼール：〈一九一三―二〇〇八〉世界的な影響力をもつマルティニーク島の黒人詩人で人道主義者。初めて〃黒人性〃を提出し、一生を通して黒人のルーツを求め、自尊自愛自強の旗を掲げた。同時に彼はマルティニック文学を創始し、その『帰郷ノート』はマルティニックとアフリカ文学の古典的作品である。

畢阿史拉則：「暖炉の仄かな火」訳注参照。

朵囉荷舞：彝族のふるい原始的な踊り。

達里阿宗：彝族の歴史に現れる馬の名。

徳古：彝族の部族のなかで徳望の高い人。

英雄飾：彝族の男が頭につける黒い飾。

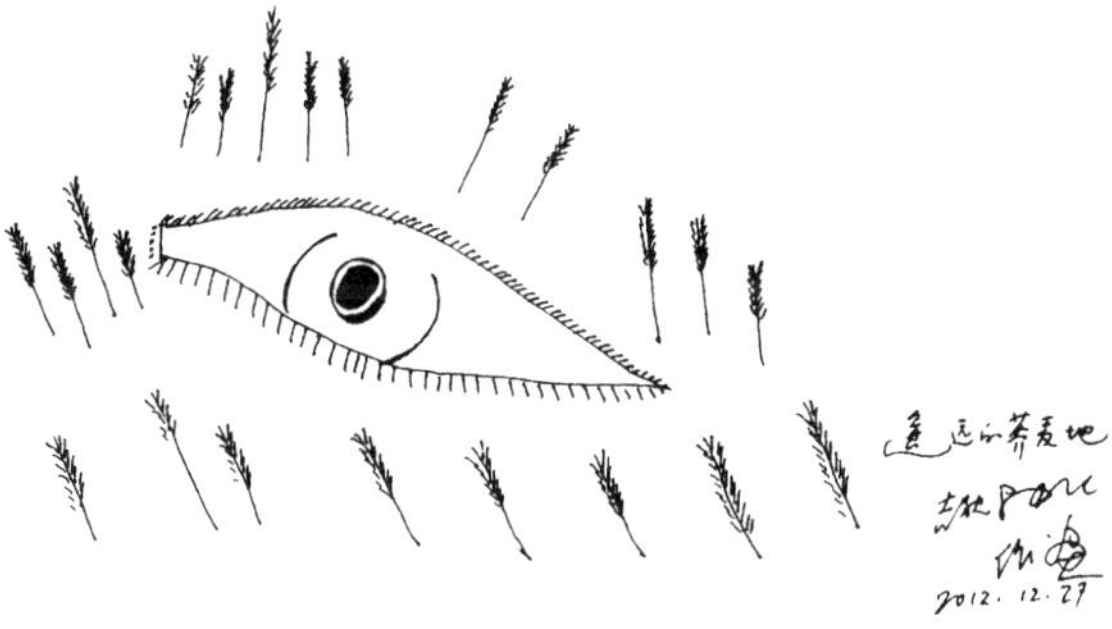

引き裂かれた自我

わたしは引き裂かれた自我に運命づけられている
選択を決断する前に
わたしの体内では——誕生と死が
すでに決死の肉弾戦を始めているから
わたしの黒い意識が
まさに落ち込んでいく刹那
その深みは却って上昇し始め
その弓矢が突き抜ける先は
天国ではなく
地獄でもない！
わたしの頬の太陽にあたる部分は
苦そばのような願望——
すくすく育っている

だがもう一方の頬は
暗黒に飲み込まれて
見知らぬ都市のビルの中に消えている
わたしの左耳は
千年前の送魂の声を聞くことができる
事実は証明している――
左耳は時間の暴力を受けとめることができて
無形の両の手で
あの見ることのできない伝統と血脈を
素早く握ることができるし――
忘れられた語素を
あの冷たい灰燼の中から生き返らせることができると
だが、わたしの右耳は何も聴くことができない
鋼鉄の音が殺してしまったのだ！
わたしの両眼は
その片方が涙に溢れているとき
もう一方は砂漠のように乾いている
それがわたしの眼

片方は永遠なる——光明を隠し
もう一方は瞬時なる——暗黒を吐き出している！
わたしの唇は地球の両極
わたしが口を開くとき
世界はただ死の静寂
わたしが沈黙するとき——
かえって無数の諺がよく響きわたる
わたしにはかつて伝授された方式があったが
別の方式がわたしの背後で
こっそりとそれを消し去った
わたしは永遠に——差違と衝突の中で踊っている
わたしはもう一人の吉狄馬加だ
わたしは一人の
あるいは——もう一人の
名も知られぬ——涙にくれる動物だ！

時を経た河の流れ——彫刻家の張得蒂《チャントーティー》への手紙

それはわたしだ！
それはある時代のステージで立ち去らなかったわたし
それはわたしの青春——まるで一羽の鳥のよう
長いあいだ、わたしはその行き先を知らない
きょう奇跡のようにまた現れた
それはわたしの眼——雲一つ無い大空！
それはわたしの眼光——幻想に満ちている！
それはわたしのカールした髪——自由の波浪！
それはわたしの額——なんと若く自信に満ちた！
それはわたしの唇——
ある民族の群山と土地に口づけした
また美しい詩句を
少女の耳元で囁いた

それはわたしが羊毛で編んだ肩掛け——
父が言う、雄鷹の翼よ！
それはわたしの胸元の英雄の肩帯
母が言う、お前の明日と将来を予言したよ！
それはわたし、間違いなくわたしだ！
あなたの神秘な双手で、時を経た河の流れが
きつく——しっかりと——
十八歳のわたしを捕まえたのだ！

（張得蒂：〈一九三二—〉現代中国の代表的彫刻家。中央美術学院を卒業し、同教授。「母親」などその作品は海外でも高く評価されている。）

人の影

わたしはむかしこのような詩句を書き記した
およそ人について――
ぼくらは生まれるとき
たった一つの方式しかない
一人も例外なく、ぼくらはみな
母親の子宮から生まれる
あるいは――
運命が左手で
誕生の
表のドアを開くとき
それは同時に右手で
死のキーを
ぼくらの手に届ける

わたしはいつもこう思う――
人が死ぬ方式は
なぜ千差万別なのだ？
それは大方の想像を
完全に裏切っている

祈禱師は言う、人の影はどれも同じではないのです
言い終わると赤く爛れた鋤の刃を噛んだ

ついに訪れたその日

ある日
ついにその日が訪れる
わたしの魂は過ぎ去った日々を代表して
わたしの肉体に敬礼する！
見たまえ、生まれたその日から
わたしの肉体と魂は共に支えあってきた。

魂という寄宿者は、
一間の自分の部屋を探しあて、
肉体はさらに永遠の仮面に似て、
それはもう一つの皮の包とも言える
最初に咥えてきた若い枝は、
そのままほどなく朽ちる巣に変わる。

お前は問いかける、なぜ人生は幻想に満ちているのかと、
それは魂と肉体が
長いあいだわたしを――もちろん
わたしの思想すべてを
愛と死の苦しいストーブのなかに投げ込んだから。

魂が飛翔するとき、
肉体にも血潮が滾っている
ときに魂が期せずして恐怖に遭遇すると、
肉体は呼吸を止める、
その突然の緊張は、
感電どきの戦慄以上のものだ。
偶然の夜に初めて
魂はしばしその花園を離れ、
星の光いっぱいの原野を彷徨う。

生命が生活の不幸に遭遇したときは、

ともすればこころは引き裂かれる、
だがわたしを驚かせたのは——
すすり泣く人の見開かれた目だ。
無知な者だけがわたしに尋ねる
肉体から鮮血が流れ出すと、
魂も鋭利なナイフで突き刺されるが
どちらの傷がより深いのだろうと?

けれど一つの秘密がある、
それをそっとあなたに話そう
もしも肉体が快楽をみいだしたとき、
二つの魂が固く一つにならないのなら、
この世界の愛情はどれも死にたえるだろう。

セサル・バジェホの墓地

白い石に黒い石が積み重なる
あなたがこの詩を書いたとき、自分の遺骨をどこかに収めるよう
運命づけられた、パリに秋の風が吹き
あなたの影と対のこころを吹き飛ばした
遠く壁の角に立つ、その飢餓の肉体は
木曜の午後にすでに死んでいだ……

セサル・バジェホは死んだ——
ときは一九三八年十月十四日の日に
あなたはパリに埋葬された——だがあなたはまだ生きている
ある街角であなたを見た人がいるのだ
慌ただしい出で立ちで、ボロの汚れたシャツ
一軒づつ残らず——あなたは手を差しのべた——自分のためではない

貧者の唯一のパン一切れを持ち去る人がいたからだ
あなたは不幸な人のために叫び声をあげる、だが天は
あなたを最古のダイスの遊技に誘いこんだ
誰が言えるだろう——運命の博徒は——ただ苦難の黒い杯を飲むだけと
あなたはかつて世界中の子どもたちに語った
仮にスペインが——仮にだが——空から落ちたらどうする?
けれど深い闇に落ちていくあなたを
受け止める両の腕はないのだ

セサル・バジェホ——
あなたの故郷のサンティゴ・デ・キューコで
あなたの墓地の傍らに立つわたしをあなたは目にするとおもう
あなたの家族はみなここに眠っている、午後の太陽が
雑草の影を伴って虚しくなる……
疑いようもなく、あなたの遺体はここにはないけれど
わたしはかたく感じている——ここですすり泣くあなたの魂を

セサル・バジェホ：〈一八九二―一九三八〉ペルーの現代詩人。アンデス山脈に生まれ、両親は原住民の血を引く。ダダ的な詩風から出発し、晩年はマルクス主義も受け入れ人類愛を謳った。ペルーでもっとも重要な詩人であり、またラテン・アメリカの現代詩人の最も偉大な先駆者の一人。作品のなかに、自分の死や落下するスペインなどの比喩がある。『セサル・バジェホ全詩集』がある。

母への手紙

あの歳月の荒波にあなたはどう抗ったのですか
次からつぎと堤防に押し寄せる――荒波に！
あなたの眼が――それはわたしの琥珀と瑪瑙
少女のころの光沢を失うことにどう抗ったのですか
時間という暗殺者をどう阻止したのでしょう、なめらかな皮膚に潜入し
抜け出す術のない、この魔法のような力
ほっそりとした身体つきの新妻が鞍から下りる前に
緑の黒髪のお下げは、一瞬に消え去る稲妻のように
まばらな黒髪に変わっていた
疲れ果てて頭を垂れ、目の前はぼんやりと霞み
童年の姿は――遥かな別れとなり
青春の老屋は――夢のなかで現れる
煌めく銀の飾り――それは彝族の女王

その襞付きのスカートは周囲の妬みを黙らせた
あなたはこの世の哀しみと出会いと別れを目にした
そのすべてに別れを——だがあなたには思い返す術がない
すべての同世代の姉妹たちよ——
すでにみな前後して火葬場の遺体安置場に眠っている
そう、誰があなたを慰められよう——過ぎ去った日めくりを取り戻して
そう、誰があなたに与えられよう——誰のものでもない慰藉を！

問いただす

冷戦の時代から――こんにちまで
人類は殺戮の方法を
不断なく更新してきた――人間性の欠如と偽善以外に
どのようなまっとうな理由があるというのか？

わたしはずっと低い場所から
故郷のそば畑を注視している
微風が吹きすぎるとき
わたしは目にする――そばの実の先の煌めく水滴を
きらきらした涙のようなその水滴！

死なない詩神——アンナ・アフマートヴァに

わたしはあなたの胸像を——木材に刻む
あなたというロシアの良心を！
人びとはただ目にしただけ——
あなたの優雅さ、高貴さと骨の髄から来る美しさを
あなたがかつて何度も地獄を突き抜けたことをだれが知るだろう！
あなたを罵倒した人たち——
疑いようもない——彼らの屍は流言飛語とともに
とっくに時間の埃のなかに腐爛している
あなたなのだ！——寒風に髪かき乱し
ゆっくりと、受刑者面会の列に並び
一目息子と会うために、慈母の愛情を送る
その肩には青いケープ
その両の眼はまさに聖母の眼

元通りの平静さ、それは底知れぬ深淵
あなたなのだ！――ストーブの火は早くも消え、両の手はすでに凍え
屋外では吹雪が吠え、運命の窓格子を叩き始める
それを予知する術はないとしても――
明日あなたを迎えるのは生かそれとも死か？
あなたは自己を貫き、やはり詩を書く、興奮と戦慄ゆえに
あなたの頬には少女のころの紅ほっぺが浮かんでいる……

（アンナ・アフマートヴァ：〈一八八九―一九六六〉ロシアの詩人。一九世紀末の叙情的な詩から出発し、スターリン政権下では時代に抗う詩風で多くの支持をえた。粛正の犠牲者に捧げた長詩「レクイエム」がある。）

わたし、雪ヒョウ……――ジョージ・シャラーに捧げる

一

流星がよぎる
わたしの身体は、その瞬間
光に照らされ、わたしの毛皮は
雪に映える炎の如く燃える
わたしの影は、煌めく閃光の弓矢
銀色の魚のように
暗い大空に消え去る
わたしは雪山の生んだ息子
孤独を守り、あらゆる時空を超え
岩山の硬い波浪のあいだ
わたしはここに陣をかまえる――

この至高無上の境域
疑問の余地なく、高貴な血統は
先祖の系譜で証明されている
わたしの誕生は――
白雪千年が育んだ奇跡
わたしの死亡は――
白雪の永遠に巡る静寂
なぜならわたしの名の意味は
霧と靄の最深部に密かに隠れ
生きる意識の中の
もう一つの果てなる地を通り抜ける
わたしの目の底で
息づく星が輝く
わたしの思想の煌めきは
凝集して黎明の水滴になる
わたしは単に経典の
始まったばかりの部分ではない
わたしの声は単に群山の

時間に打ち勝つ沈黙ではない
わたしは言葉が天空に
ぶら下がった文字に属してはいない
わたしは単に一筋の光が残す
煌めき輝く路にすぎない
わたしは約束の言葉に忠実だ
裏切りの言葉で書くことなどありえない
わたしは永遠に
虚無が織りなす境界線の外で活きる
わたしがそこから離れることはありえない
たとえ雪山がすでに死亡しても

二

わたしは尾根のシルエットのなか、
黒い花、虚無と現実
真夜中の空気のなかで沈み込む

自在に見回す、祖先の
領土を、ある方法で
それは先祖から受け継いだ暗号だ

朝な夕なに、欲望が
わたしを招き寄せ
密かな沈黙のなかを通り抜ける

そのようなときにこそ
初めてわたしは行く、あの
失われた時代を取り戻すために

三

落下する星を見つめながら
身体は宇宙の海洋に漂う
薄青い眼光、無重力の
魂につき従って、永久に

際限のない方向へと上昇する
まだ始まってはいない——
稲妻のように身を翻し
耐久力ある足指は
すでに金属の空気を撃ち叩く
誰も見ることはできない、このような仕草を
わたしの呼吸、思い出、秘密の気配
それらはすべてこの荒野を覆っている
だがわたしを探してはいけない、仮面はつとに失われているから……

四

そのとき、わたしはこの雪の地で
吹き抜ける風のなかから、わたしの骨が出す
響きを耳にすることができる
一羽の鷹が身を翻し、見えない相手と
格闘する、それはわたしの影だ
光明と暗黒の

緩衝地帯では離れて
無言のまま降りていく鳥はいない
その谷と河の交わるところは
わたしが残した暗示と符号だ
もしも一匹のマーモットが
命がけで逃げても、背後から
どんな追跡が迫っているかは見ることができない
それがわたしの思いだ
あなたはマーモットに危険を知らせたが
あなたはこのようなときに
永遠にわたしを目にすることはできない、この
虚偽と偽善と殺戮の渦巻く地球で
わたしはこれまで
いかなる別の場所にも属したことはない！

五

わたしはすべての

動物と植物の名を言えない
けれどここは円形の世界だ
わたしは生命の天秤に関して
少し左に　あるいは
少し右にあるべきなのかは分からない　わたしはただ
一頭の雪ヒョウ、とりわけこの生命ともう一つの生命の
関係に回答する術はない
けれどわたしは信じている、宇宙の秩序は
決して偶然と混乱からできたのではないと
わたしは生まれてからこの方――
バーラルとアカギツネとマーモットと無数の関係を築いてきた
わたしたちはさだめではなく――
曲がり角のある分かれ道で
それは捕らえどころのない謎なぞのよう
わたしたちはすでにこの地に永く生きて
互いに相手の存在から離れることはできない
けれどわたしたちは怖れ驚き戦いている
追跡と再生にはなんの区別はないから……

六

わたしの足跡は、降雪地帯に
残される　あるいはその形状は
満開の梅の花より美しい
あるいはそれは虚無の延伸
そのために、その中の秘密を
決して明示しない
預言することもできない――
未知の終焉
生命の奇跡は
すでに明らかにしている、瞬時の存在と
永遠の死亡は
決してわたしたちに
どちらがより重要なのかを告げられない
こうした足跡は、占い者の
残した足跡ではない、けれどそれは
もう一つの言葉、静寂の

声を発することができる
風が起きるときだけ、あるいは
季節はずれの大雪が降ったとき
そのぼんやりした足跡は
はじめて一掃されるのだ……

七

わたしが出現した刹那
あなたは死んだ記憶のなかで
あるいはまだ生きている——
蘇ろうとする夢のなかで
はっきりとあるいはぼんやりとわたしを見る
それは太陽の反射、光線の銀貨
岩の上の幾何学、風のなかの植物
一枚のバラが空気のなかを流れる色彩
一千枚のバラが最後に吐き出した瀑布
静止する速度、黄金のアーチ

柔軟な時間、砕けた力量
過度の輪郭、黒＋白の可能性
光が鋳造した酋長、深淵を通り越した零
宇宙が落下した長い矛、飛行中の矢
感覚と夢によって砕かれ
逃げていく一粒の結晶体
雫は四方に飛び跳ね、豊かな彩り
それは勇士が腰につけたいくつもの霊験の貝殻
それは消え去った国王の髪飾りが
大地の子宮のなかのさらなる復活

八

二月は生命の季節だ
羞じらいの拒絶、それは燃焼する雪
氾濫の始まりと野性の風、渓谷に鳴るラッパ
名を忘れる、ここではもう一つの
生命の誕生の儀式を求め仕上げる

これはすべての母性——
神秘的な詩語と詩篇
それはただ生殖神の
降臨のために吟誦する……

追求　遠心力　無重力　稲妻　アーチ形
欲望の弓　切り裂かれた宝石　分裂する空気
重複する跳躍　味わう舌先　受け入れる硬度
疾駆する目標　顎骨の勾配　不均衡な飛行
緩慢な光速　分解する揺曳　欠席の重責
噛み砕け　血管の磷　歯唇の贈り物
呼吸の波浪　急激な上昇　始めと同じ強さ
叩きながらのダンス　死に臨む牽引　時間の調節
想像　地震の戦慄　貢献　大地の陥没
外に遺漏し　分解し瓦解し　噴水だ　噴水　噴水
生命のなかで落ち込む倦怠感　周辺の震え　思い出せ
雷鳴の後の静寂を　待つのだ　群山の木霊を……

九

絶壁の上のダンス
黒いネガが
白昼の海洋に落ち込む
上から下へという道理だ
虚無と存在を跳躍する渓流
自由な領地
ここでは我々だけが
自分の生き方を選択できる
わたしの四肢は切り立った
神経で岩山をよじ登る
ツメはその鍵盤を
踏みこむ、羽毛のように軽い
わたしは山の船乗りだ
名もなき渇望に満ちている
わたしが突撃するとき
風はわたしの早さに及ばない

けれどわたしの鎧は
空気に触れてヒューヒューと響く
わたしは自由落下のプリンセス
雪山十二子の兄弟
九十度の上にスパートし
百二十度に突如下る
まだらの長い尾を持ち
生と死の境界でバランスをとっている……

（雪山十二子：「焔とことば」訳注参照。）

十

昨晩夢で母に会った
母はそこでまだ待っていた、弱々しい視線で
わたしたちは運命づけられている——
孤独な行者

二歳のときから　親もとを離れ
単独で証明してきた
わたしは父よりさらに
勇敢な勇士でもあると
わたしは我が高貴な血統と
代々伝わる
永遠に穢されることのない栄誉のために
最後の一滴の血さえを惜しまない

わたしたちは辱めを選ばず
たとえ決闘の場でさえ
死に臨んで
大声で世間に告げよう
――わたしは誰の子か！
先祖の英名は
雪のように神聖だから
生まれたその日から
わたしは分かっていた――

わたしとわたしの兄弟たちは
雪山のそれぞれの
永遠なる守護神だ

わたしたちは忘れない——
神聖なる責務を
わたしの夢のなかにいつも現れるのは
先祖代々の相貌
わたしの口元に翻るのは
偉大なる家族の
黄金の家系

わたしは常に死に近く、未来を見つめる

十一

わたしが護る神の山には
雪害や疫病はないという

わたしが一人で山の頂に立つとき
視線の及ぶところは
一面の透き通った白雪
すべての生命はこの純な
穏やかな光のなかで沐浴する。遠くの鷹は
はじめは見えているが、無限の地の果てに
ただ一つの点となる、けれど、やはり通例にならい
青色の奥まったところで、影も形も消えている
遠からぬところでは、放牧人の炊事の煙が
ゆらゆらと立ち上り、これが現実とはとても思えない
黒いヤクは、山の窪地に散在する
そこでは、紫の靄がかかり、小川に張った
白い氷の上を漂っている
そんなときには、魂と肉体はすでに分離し
わたしの思いは、知らぬうちに漂っている
このとき、わたしは天空からの声が聞こえる気がする
わたしの舌先の言葉は、まさに別の方法で
この蒼穹の巨大なドアの前で、この

大地のあらゆる生命のために幸福を祈る……

十二

わたしは古代の書物のなかに生きる、それは岩に棲む蛇
わたしの命は百頭の馬の命、千頭の牛の命
一万人の命でもある。なぜならわたしが、仏典の
あるページに身を潜め、誰かがわたしを殺せば、それは
もう一人の見えない、幾千万ものわたしを殺すこと
わたしの血痕は巨岩にはつかない、なぜなら
血痕に色はないから、ただそれは依然として罪の証拠
わたしは身をひそめ身をかくして　夜の帳を引き裂く
輝きを失った眼は、石の内部に隠れるように
一人の魂は孤独だから、あるいは大地の鼓動が聞こえるのか？
けれどわたしはやはり天空の星を眺めているのが好きだ
長い時間を忘れて、星が涙を流すまで

十三

一発の銃弾が命中した
我が兄弟、その名は白銀の雪ヒョウ
射撃者の指は、曲がっていた
陰鬱な問答無用の谺が
死の知らせをすでに山々に伝えた
あの銃弾だ
わたしたちの鋭敏な眼、短時間の喪失
銃弾を目にし、一筋の赤い稲妻が
燃え続ける時間と距離を突き刺したけれど
時遅く身を隠せず
黎明に最後の息を引き取った
あの銃弾だ
その射撃者の頭と、その
頭のために血液を供給する心臓は
罪悪の帳簿によってすでに凍結された
あの銃弾だ、一滴の血だ

銃弾が目標物を貫通したその一瞬
射撃者が眼前の光景に心震え
銃弾の通過したところに
群山は号泣し傷口は悲鳴を発し
アカギツネの悲鳴はもう
岩に流れるきらきら輝く涙を止めない
ヨモギは死の笛を吹き鳴らし
氷河は砕けるはずのない時刻に響きを発し始める
空には地獄の色が現れ
恐るべき雷鳴が暗い空の果てに蠢く

わたしたちそれぞれの死は、どれも生命の告発だ！

十四

わたしが何故に岩の上で泣いているかだって？
休むことなく、訳もなく泣くって？
じつは、わたしは一つの言葉の裏側から

別の言葉を明るみに出したいのだ、なぜなら
言葉はそのとき涙の堪った暗闇に身を置いているから
わたしは岩陰に埋もれた頭を
霧の深いところから擡げ、疑い深い眼で
危険に満ちた世界を素早く凝視する
あらゆる生存の方式は、どれも先祖から伝承されている
この地では旧い太陽が、我々に暖かさをくれる
手を伸ばしてふれることができるのは、低く垂れた月
それらは同じように、思いやりのある慈悲のこころで
万物の言葉と霊験あらたかな技能を学ばせてくれた
そうなのだ、わたしたちは徐々に知ることになった
この世界に古より存在する自然法則は
人類によって日一日と変わり始めた
鋼鉄の音、さらには摩天楼の影が
この地球の緑の肺葉に
血の滴る傷口を潰し、わたしたちはさらに
一分ごとの時空のなかで
動植物が絶滅しはじめているさまを目にできる

わたしたちは知っている、時間は残り少なく
人類にとっても、あるいはわたしたち自身にとっても
すでに最後の機会になっている
なぜならこの地球のあらゆる生命の継続が、すでに
いかなる動植物の消滅も
わたしたち共通の災難であり悪夢なのだと明かしているから
ここでいま、わたしは人類に伝えたい
わたしたちはみなすでに逃れる術はない、これも
わたしが一人岩に佇み、声もなく泣いている理由なのだ！

十五

わたしは別の存在、わたし自身を見ることはできない
灰色の岩のうえで引き返すほかは
もっとも好きなのは、星いっぱいの夜空
この無限の空の果ては
わたしの美しい肢体の、変化した柄毛のようだから

自分の発見を証明するために
そっと息をする、わたしは千里離れた地から
草原の草花の香りを嗅ぎ
その瞬間、カモシカの去った方角を感知でき
ときには、正確に予測できる
どの足跡が、谷川の底をたどったかを

わたしは微細な音も聞き取ることができる
その核心では、巨石が砕け
さらには見え隠れする銀河があり
ただ一度で消滅する
底の見えない無数の洞窟では
未知の白昼が煌めいている

わたしは眠りのなかで、死に臨んだ状態に入ることができる
そのとき見えるのは、転生前の姿だ
重大な罪を軽減するために、わたしもかつて
贖罪の鐘の音を響かせた

わたしには九つの命があるけれど、死の訪れは
来世の誕生と同じように変わりはないだろう……

十六

わたしは文字の詩は書けないが
相変わらず——自分の足で
この真白な白紙の雪に
未来の子孫のために、自分の
最後の遺書をのこす

わたしの一生、それはすべての
先人たち先賢たちとおなじように、雪域の
すべてを熟知し理解した、ここでは
黎明の燭光は、夕暮れの落日よりはるかに
人を誘う、それはまさに
雪の白さの反射作用は

あらゆる季節にあるわけではないから、わたしたちは
幸福の月日を享受できる
あるいは、これこそが運命と生活の無常
ときには生きるための食物を得るために
鋭利な石で傷を負う
けれどそうであっても、わたしの喜びの日は
哀しみの日より多い

わたしはかつて多くの壮麗な光景を目にしたことがある
それは人類を含めたこの世界の動物の
聞いたこともない名を目にしたとも言える
それはわたしの欲望が得たものだからではなく
偉大な造物主のわたしに対するあつい愛情なのだ
この雪山の最高地点で、わたしは目にした
液体の時間が、藍雪の輝きのなかで消え失せ
燦爛たる星空が、馥郁たる朝露を流し去る
一束の光り、宇宙からくる繊維体が
如何にして徐々に永劫の暗黒におちていくかを

そうなのだ、わたしは一つの秘密をあなたに告げなければならない
わたしは地獄のすべての姿を見たことはないが
天国に通じる入り口は探し当てている！

十七

これは別れの言葉ではない
わたしを赦せ！　わたしは永遠にこの地から離れるわけにはいかない
ここは最後の領土
わたしは群れから離れ、訪れる人のない土地にいる

わたしを追撃するな、わたしもこの
地球の世界で、あなたたちの骨肉と
ひとつに繋がった同胞なのだ
黒い翼がすっぽり覆う前に
虐殺がもたらす恐怖を忘れさせてくれ

わたしが先祖の千年の記憶から目覚めたとき
神が授けた言葉が、わたしの唇を
道具に変えて、あの父子連名の伝統は
こんにち、すべての強権に反対する武器になっている

わたしを赦せ！　安い同情など要らない
わたしの歴史、価値観、独特の生活方式は
この大きな世界のなかで
立ち尽くすわたしの存在理由、それはだれも替わりはできない！

わたしの写真を
誰もが目にする場所に置くな
わたしは怖いのだ、保護という名目で
わたしに仕掛けられる目に見えぬ追跡と同情が

わたしを赦せ！　これは別れの言葉ではないのだ
だがわたしは信じている、その最後の審判は
けっして遼遠なことではないと……

〈ジョージ・シャラー：〈一九三三―〉アメリカの動物学者、博物学者、自然保護主義者で作家。ウイスコンシン大学で博士号を取得し、ゴリラ、ライオン、トラ、野性のヤギなどが人類によって絶滅の危機にあることを綿密な実地調査と研究によって明らかにした。かつてアメリカの『時代週刊』で、傑出した野性動物研究者三人の一人に選ばれ、また世界的な雪ヒョウ研究の専門家でもある。一九九六年、コスモス国際賞を受賞した。〉

『アイデンティティ――身份』 訳者解説

一 詩人 吉狄馬加について

はじめに、吉狄馬加という詩人について、簡単な略歴を紹介しておきたい。

吉狄馬加は一九六一年六月二三日、四川省涼山彝族自治州の昭覚という町で、彝族の父と彝族の母のあいだに生まれた。彝族には父子連名の習慣があり、かれの正式な名前は「吉狄・略且・馬加拉格」である。父は五〇年代には布拖県の裁判所の所長で、母は涼山彝族自治州病院の院長と衛生学校の校長をつとめた。吉狄馬加には漢族の保母がいた(「題辞――漢族の保母にささげる」)。吉狄馬加は彝族のなかでも恵まれた幹部の家庭で育ったといえる。彝族については後にふれる。自治州とは中国の省や直轄市と同等の行政単位である自治区の下に位置し、漢族の指導の下に少数民族の自治が委ねられたところで、自治県より上に位置する行政単位である。

吉狄馬加は一九七八年九月に成都にある西南民族学院の中文系漢語言文学専攻に入学した。プロレタリア文化大革命の十年(一九六六年~一九七六年)余りは、学力による大学入試がおこなわれなかった。一九七七年秋に復活した大学入試には、勉学に燃える十年分の若者が殺到したため、この時期の大学合格者は高レベルの学生で占められていたといわれる。吉狄馬加はこの学生時代に内外の文学作品をよく読んだ。プーシキン、タゴール、エセーニン、マヤコフスキー、中国の屈原、郭沫若、艾青らの詩、さらにチエホフ、ショーロホフ、ブラジルのジョージ・アマードの小説などを好んだ。その中でも特にショーロホフの小説と屈原の詩に惹かれたという。ショーロホフの作品「静かなドン」は、早く賀非（趙広湘一九〇八―一九三四の筆名）がその一部を訳し、魯迅が編集、校閲してその全訳を一九三〇年に発表して以来、中国ではもっともよく読まれる外国の小説の一つといわれる。若き吉狄馬加が、国を憂い自ら汨羅の淵に身を投げた屈原の「離騒」や「天問」「九歌」と、大きな歴史の流れのなかで生きる個人の生活を描くショーロホフの「静かなドン」などに惹かれていたことは、この詩人の資質を物語っているとおもえる（「青春を懐かしむ―西南民族大学に捧げる」）。

一九八二年に同大学を卒業。涼山彝族自治州の文学芸術界聯合会（文聯）で働き、双月刊誌『涼山文学』の編集に携わり、後に主編をつとめた。学生時代から書き始めた詩は、八三年に初めて四川省成都の詩専門誌『星星詩刊』に「黎明どき、わたしは太陽を拾う」と組詩「童年の夢」を発表し（本書未収録）、一九八六年に詩集『初恋の歌』が中国作家協会の青年文学賞を受賞して文学界に大きな反響をよんだ。

一九九五年、北京に出て少数民族の作品を掲載する『民族文学』の主編を担当し、二年後に中国作家協会書記処書記になった。その後、青海省に転出するまでの北京時代に、作家代表団を率いてコロンビアのメデジン国際詩歌祭に参加し、文聯代表団の一員でヨルダンとエジプトを訪問するなど、幾度も海外の文学者との交流と対談を経験した。こうした国際社会での体験は、彝族の詩人から中国の詩人へ、さらに国際的視野を内包した詩人へと大きく創作世界をひろげ深化させる契機になったものとおもわれる。

　二〇〇六年、中国作家協会書記処から青海省に転出し、副省長、宣伝部長についた。これを機に、青海省の文化発展と自然保護に力を注ぐことになる。青海省の宣伝部長となった吉狄馬加は、ときに詩人であることと行政の役人であることは矛盾ではないかと問われることがある。だが、この詩人のなかでは矛盾はしていない。「詩人とは職業ではなく、常に一つの役柄で、政治上の仕事は一つの職業」であり、優れた詩をのこし共産党員としても活躍したフランスのルイ・アラゴン（一八九七―一九八二）や、すぐれた劇作家であり大統領の仕事もこなしたチェコスロバキアのヴァーツラフ・ハヴェル（一九三六―二〇一二）の例などをあげ、「わたしは詩人と政治家は水と油のように相容れないとは考えていない」と語っている。（「政治と詩歌―わたしが背に負う二つの使命」二〇〇七年）

　二〇〇七年、世界各国から多くの詩人を招き、「人と自然―多元文化の共存と伝承」をテーマに青海省西寧市で青海湖国際詩歌節を組織した。この詩歌節は隔年ごとに開かれ、第二回の詩歌節から金藏ガゼル国際詩歌賞を設定している。

　二〇一一年　中央民族大学、中国社会科学院、『世界文学』雑誌社などの合同主催で「グローバル世界における詩人吉狄馬加の学術シンポジウム」が北京で開催され、また二〇一四年、作家協会創作研究部、『人民文学』雑誌社、『民族文学』雑誌社などの合同主催による「吉狄馬加の詩『わたし、雪ヒョウ…』学術シンポジウム」が北京で開催された。

　二〇一五年、中国作家協会副主席、書記処書記、魯迅文学院院長に任じている。

吉狄馬加の主な作品は以下のとおり。

・処女詩集『初恋の歌』一九八五年　四川民族出版社。
・詩集『ある彝人の夢』一九八九年、民族出版社。
・詩集『ローマの太陽』一九九一年　民族出版社。
・詩集『吉狄馬加詩選』（彝語）一九九二年　四川民族出版社。
・詩集『吉狄馬加詩選』一九九二年　四川文芸出版社。
・詩集『忘れられたことば』一九九八年　貴州人民出版社。
・詩集『吉狄馬加短詩選』二〇〇三年　香港銀河出版社
・詩集『吉狄馬加の詩』二〇〇四年　四川文芸出版社。
・詩集『時間』二〇〇六年　雲南人民出版社。
・詩文集『吉狄馬加の詩と文』二〇〇六年　人民文学出版社。
・詩集『鷹の翼と太陽』二〇〇九年　作家出版社。
・講演集『吉狄馬加講演集』二〇一一年　四川文芸出版社。
・詩集『身分―アイデンティティ』二〇一三年　江蘇文芸出版社。
・散文集『火炎とことば』二〇一三年　外語教学与研究出版社。
・散文集『土地と生命のために―対談随筆集』青海人民出版社。

吉狄馬加の作品は、イタリア語、マケドニア語、ブルガリア語、セルビア語、チェコ語、ドイツ語、フランス語、ポーフンド語、韓国語、アルゼンチン語、ロシア語、英語、スペイン語、ルーマニア語、バングラデシュ語、ギリシャ語、アルメニア語、スワヒリ語、ヘブライ語に訳されている。日本語訳は雑誌『火鍋子』（№七六、二〇一〇年）に竹内新訳で「最後の暗礁―詩人艾青を送別する」など九篇。

主な受賞歴は以下のとおり。

一九八五年、組詩「自画像およびその他」　全国第二回民族文学詩歌一等賞。第一回郭沫若文学賞栄誉賞。

一九八六年、「狩人の世界」　一九八四年—一九八五年度『星星』詩歌創作賞。

一九八八年、『初恋の歌』　中国第三回新詩（詩集）賞。

一九八九年、組詩『ある彝人の夢』　中国作家協会『民族文学』山丹賞。一九九三年、中国第四回民族文学賞詩集賞。

一九九二年、『ローマの太陽』　第一回四川省少数民族優秀文学作品賞。

一九九四年、第七回荘重文文学賞を雲南の于堅、チベット自治区の扎西達娃、河南の張宇らとともに受賞。（この文学賞は香港の資産家の荘重文が一九八八年に設立したもの）。

二〇〇六年、ロシア作家協会からショーロホフ文学記念証書を授与される。同年、ブルガリア作家協会から詩の傑出した貢献を表彰される。

二〇一一年、『詩歌月刊』年度詩人賞。

二〇一二年、柔剛詩歌賞。（この詩歌賞は詩人の孫柔剛が一九九二年に設立したもの）

二〇一二年、ペルーの詩人セサル・バジェホ生誕一二〇周年記念に招待、表彰される。

二〇一四年、南アフリのマチワ人道主義賞をアジア人として初受賞。（この賞は一九九九年から始まり、マンデラやカストロなどが受賞している）。

二〇一五年、第一六回国際華人詩人筆会の“詩魂金賞”を受賞。

吉狄馬加という詩人を理解するために、まずはこの詩人の根底にある彝族についてみておきたい。

二　彝族について

よく知られているように、中国には政府公認の少数民族が五五ある。日本で中国の少数民族といえば、しばしばメディアに登場するチベット族（チベット自治区）やウイグル族（新疆ウイグル自治区）の問題を思い浮かべる。これらの自治区は中国の国境沿いに位置しており、その国土はきわめて広く、その広い国土の国境の向こう側には同系統の民族の生活があることなどにより、絶えず緊張した問題が起きている。それに比べれば、彝族は常に問題をおこす少数民族とみられることは少ないといえるだろう。

だが、彝族には固有の歴史と伝統があり、固有の神話伝説がある。古くから伝承されてきた史詩「支呷阿魯」（「自画像」の訳注参照）や「勒俄特依」（「アイデンティティ」の訳注参照）などは、彝族の日常のなかに生きている。また、彝族は十月太陽暦という独自の暦をもっており、一年を十月、一月を三六日にし、のこりの五、六日は新年に数えるものである。こうしたことからも彝族が古くから高度な文化をもっていたことを物語っているといえる。こうした彝族の文化は長期にわたり漢族文化の影響を受けたが、結局は完全に同化されることはなく、民族の文化と精神の独立を保っている。

彝族という名称は一九四九年の中華人民共和国の成立後にはじめて使用された呼称である。それ以前は、倮倮《ルオルオ》（日本語では、ロロ）、夷人《イーレン》、夷家《イーヂア》などとよばれ、解放後は夷は蔑称のニュアンスがあるため彝の字にあらためられた。

中国の公式発表による人口は一三億四千万人余（二〇一〇年の第六次人口センサス）だが、その九割以上は漢民族が占めている。彝族は二〇〇〇年に実施された第五次人口センサスでは七七六万人余り、二〇一〇年の第六次人口センサスでは八七一万人余りの人口を有する。これは中国の少数民族のなかで六番目に多いものの（人口最多の少数民族は壮族）、中国全体の人口に対して０・六五パーセントを占めるにすぎない。だが、仮にこの数字をヨーロッパに置いてみれば一国を形成してもおかしくはない数字といえる。その彝族の居住地域は四川、雲南、貴州などの各省と広西壮族自治区にひろく分布している。そのなかでも彝族がもっとも多い雲南省では、二つの自治州と十数の自治県にわかれて居住している。

彝族の歴史はふるく遡ることができる。紀元前の彝族については、もともと黄河の上流地帯に居住していた彝族が次第に南下して長江上流に定着し、黄河文明と並ぶ長江文明を築いていたとする研究がある。一九八〇年代に四川省広漢市三星堆で発見された三星堆遺跡、いわゆる古蜀王国の末裔こそが現在大涼山の高地で暮らす彝族であろうとするものである。（二〇一七年一〇月二八日放送のＮＨＫスーパープレミアム「天頂に生きる　長江文明を築いた悲劇の民族」）。その彝族は、三世紀の三国時代には南蛮といわれる勢力をもつようになったという。唐代には雲南省の東部に烏蕃、西部に白蕃とよばれる彝族の集団が形成された。烏蕃はチベット・ビルマ系語族に属する騎馬牧畜民族だった。八世紀前半には征服王朝として雲南省の大理を中心に勢力を拡大し、唐の玄宗皇帝がその王の皮羅閣を冊封し、八世紀前半に南詔国（詔は王の意）が建国された。南詔は唐の文化を取り入れ、唐と対峙していた吐蕃とも戦い、一時は雲南一帯を支配した。その南詔国は一〇世紀初めに滅び、その後分裂と抗争の時代が続いた。

南詔国が滅んだあとも彝族は独立性の強い集団として存在した。歴代の中国王朝はその活動に神経をとがらせた。元王朝は彝族を「ロロ（漢字表記は羅羅、または倮倮）王国」とよんで「羅羅斯宣慰司」という行政官を設置して支配下におこうとした。明王朝は彝族を四川省や雲南省の管理下に置きながら自治権をみとめるという苦渋の政策をとった。続く清王朝は強大な国力を背景に流官という地方官を派遣し、彝族を直接支配した。だが、その政策も四川省大涼山一帯の彝族に対しては効果がうすく、ロロ独立国といわれることもあったほどだという。そこでは諾蘇《ヌオスー》とよばれる一〇パーセントほどの支配階級の黒彝と、黒彝に支配される白彝とに厳格にわかれていた。白彝はさらに曲諾《チューヌオ》、阿加《アージア》、呷西《ガーシー》に分かれ、最下層の呷西は売買される商品として扱われ、行動の自由はまったくない存在だった。黒彝と白彝の通婚は許されず、父子連名制による父系親族集団であり、「家支」とよばれる族長を中心に強固な集団を維持していた。この強固な奴隷制社会が涼山一帯の彝族の結束を保証していたのである。

一九八七年製作の中国映画「天菩薩」は、第二次大戦中にあやまってこの大涼山地区に囚われたアメリカ人飛行士ジェームス・ウッドが、「ものを言うウシ、家をもたぬイヌ」としての生活を余儀なくされる数奇な運命をえがいている。映画の冒頭に以下のような説明文がある。

「四川、雲南、貴州の交わる自然環境の厳しい山中に数百万の彝族が住んでおり、一九五六年前までは依然として完全な奴隷制社会を制度として維持していた。各部族間では、奴隷と家畜を奪うためによく戦争がおきた。奴隷と奴隷主のあいだには明確な身分の壁があり、通婚は許されなかった」

中華人民共和国の成立を毛沢東が宣言した一九四九年一〇月一日を中国では「解放」と呼び、それ以前を「解放前」、それ以後を「解放後」とよぶが、この映画は、彝族涼山自治州一帯では少なくとも五〇年代半ばまで奴隷制社会が存在していたことを物語っている。

彝族の支配階層は、天菩薩とよばれる髷を結い、その上に英雄髻とよばれる黒いターバン状を巻き付けており、羽織るマントも黒いのが特徴である。そのために、黒彝と称される。今回訳出した吉狄馬加の作品に、「黒の狂想曲」をはじめとする〈黒〉が独特のイメージをもって語られていることに、この黒彝の家系である詩人の自己認識、アイデンティティ確認の意味を感じとることができる。

こうして彝族の概略をながめてくると、この民族はきわめて独自性の強い民族だということができるだろう。

ロロ文字　金丸良子氏提供

言語は独自のものをもち、大きく六方言に大別されるが、相互にほとんど通じないという。文字は一般にロロ文字とよばれ、象形文字を母体とし、大部分は彝語の音節を表す音節文字（爨文《さんぶん》）である。このロロ文字によって書かれた古くから伝わる経典は、本書に訳出した「《送魂経》を聴く」などにでる畢摩（ピモ）によって語られる。ピモは世襲によって代々引き継がれ、このロロ文字によって書かれた伝来の経典を使って人と霊を結びつけ、現在も彝族の結婚や葬儀などの重要な行事には欠かせない聖職者的存在となっている。彝族の傍系である撒尼族の美しい娘の悲恋物語である叙事詩「阿詩瑪」は、このロロ文字によって書かれているが、現在残っているロロ文字は地方によりかなりの差違があるという。

彝族に関しては、主に以下の書物を参照した。

曾昭掄著・八巻佳子訳『イ族区横断記：中国大涼山』築地書館、一九八二年。
田畑久夫・金丸良子『中国少数民族事典』東京堂出版、二〇〇四年。
田畑久夫・金丸良子『中国横断山脈の少数民族』古今書院、二〇一七年。
肖遠平『彝族「支嘎阿魯」史詩研究』人民出版社、二〇一五年。

三 『身份―アイデンティティ』について

本書はこうした彝族の文化を一身に受け継いだ詩人吉狄馬加の、江蘇文芸出版社から二〇一三年に出版された詩集『身份―Identity』の訳詩集である。本書には一六一首の詩が収められているが、そのなかから訳者が九九首を選んで訳出した。選出にあたっては明確な基準があったわけではない。訳者がイメージする詩人吉狄馬加の世界、その独自な像を明確に浮かび上がらせると思える詩を選んだ。そこにはもちろん、訳者の好みが強く反映していることになり、その意味で勝手な選択といわれても仕方がないとおもっている。訳者は二〇一五年の夏に青海省西寧ではじめて吉狄馬加に会う機会があった。そのさい、訳出したい詩のリストを提示したのだが、詩人はそのリストを何度も見、しばらく黙考し、「好《ハオ》」と応じてくれた。

『身份—Identity』に収められた詩はすべて口語自由詩である。内容からみると、彝族である自己を省察したもの、涼山一帯の大自然とそこに生息するキバノロやバーラル、雪ヒョウなどを詠ったもの、詩人がこころを寄せる偉人や遺跡について語ったもの、その他、に分けられよう。

詩はすべて漢語（漢族の標準語、普通話）で書かれている。解放後に生まれた中国人は中華人民共和国の一員という大きな枠のなかでの生活を送ることが必然であり、一九六一年生まれの吉狄馬加も同様である。吉狄馬加にとって過不足なく自己を表現できる言語は彝語なのか、それとも漢語なのか。

わたしは探している
埋葬された言葉を
それは山地民族が
母語を通して、子孫に伝える
一番の秘密の符号（「埋葬された言葉」）

という詩句を読むとき、詩人の内部では言語の亀裂が生じていることを想像させる。だが、詩人はそれを声高に語ることはない。それはおそらく、彝族の出自であることの自己認識が自己の内部の言語の問題を包摂して揺るぎない確認に至っているからだろう。「わたしはこの土地の彝族の文字で書かれた歴史／女の断ち切れぬ臍帯の嬰児だ」で始まる代表作「自画像」は、はっきりとこの詩人の立ち位置と覚悟を告げている。それは彝族である自己、その父と母、その辿りうる彝族の祖先の文化と伝統を一身に受けとめた詩人の告白とよむことができる。

実はわたしは千年来の
すべての反抗
すべての忠誠
すべての生
すべての死だ
おお、世界よ、わたしの回答を聞きたまえ
わたし―は―彝族―だ」（「自画像」）

この「わたし―は―彝族―だ」という詩句は、一見して平凡などこにでもあることばと読める。彝族という語の替わりに、人はそれぞれ自己にとって固有の語を入れることもできるだろうからだ。だが、この詩人にとってはあくまでも「彝族」であることでしか語れないことを確認する詩句である。それは、この詩人にとっていわば必然のことと意識されている。北島の代表作「回答」のなかの詩句「わたし―は―信じ―ない」を想起させるこの独白は、北島が一個人として全世界に拒絶の意思を宣言しているとすれば、吉狄馬加は自己を規定している彝族としての一個人を全世界に宣言していると読める。

わたしの生まれる前に
もう存在していた
あるものがある
まるで空気や太陽のように
それは血液のなかを激しく流れている（「目に見えぬ波動」）

詩人は自分の依って立つアイデンティティについて、散文の力で別の角度から率直に語っている。

わたしのアイデンティティは彝族であることであり、わたしは彝族の精神文化の一人のスポークスマンです。そしてわたしたち彝族は人類の一部分であり、この世界の一部分であって全部ではありません。わたしは彝族だ、とは、わたしは人類の一員であり、わたしの親族と歴史は我らの民族に属しているということです。わたしの希望は、東方の中国には現在も不断に生き続ける古い民族があり、その生活様式に基づき同じ場所で不断に労働をし、その生活習慣をまもって生活し、その言語を使って独自の文字を書き、同時に他の民族、たとえば漢族や他のすぐれた民族に学んでいるということを、すべての人びとに知ってもらいたいということです」（「吉狄馬加：詩歌の停滞した時代に詩歌を高く掲げる」《中国教育報》との対談）

役人吉狄馬加は彝族であることを抜きにしても理解できるが、詩人吉狄馬加は彝族であることを抜きにしては理解できない。

もし大涼山と我が民族がなければ
わたしという詩人はいない（「わたしに」）

「わたしはなぜ詩を書くか、なぜならわたしが故郷の歌を耳にするだけで泪が溢れでるからだ」「わたしはなぜ詩を書くか、なぜなら彝族と赤・黄・黒の色に対して全く理解しない人がいるからだ」「わたしはなぜ詩を書くか、なぜなら我が民族の祭司が彝族の歴史、故事、風俗、人情、天文、地理を講述してくれたからだ」（「ある一つの声―私の創作自述」）。

赤・黄・黒という三色に対する彝族特有の意味について、詩人はいくつもの詩篇で語っているが、なかでも重要な色は黒である。彝族にとって黒は高貴と尊厳を意味しており、先にふれた彝族の自称である諾蘇とは「黒の民族」の意である。

わたしは黒を夢に見た
黒のフェルトが高々と掲げられ
黒の神具が祖先の祭壇にまつられ
黒の英雄が天空に満ちる星と繋がる
だがわたしが知らぬはずはない

この甘美で哀しい種族が
いつから諾蘇と自ら名乗ったかを」（「彝人が夢に見る色―ある民族が最もよく使う三種の色の印象について」）

ああ、黒い夢よ、わたしが消えるときは
どうかわたしのために悲しみと死の琴を奏でてくれ
吉狄馬加というこの痛苦の重苦しい名前に
深夜でも太陽の神秘的な色に染め上げておくれ」（「黒い狂想曲」）

こうして彝族であることの自己認識は、詩人の生まれた地と受け継いだ血とに深く結びついている。

この大地に横たわり
わたしはいつしか眠りにおちた
（わたしのものである
この温かい故郷
もっとも こころ震わせるメロディーよ
わたしはお前の夢のなかで眠る）（「沙洛河」）

といった述懐は、詩人のこころが根づいている動かすことのできない根底的な事実を物語っている。

だが、彝族の詩人ということだけでこの詩人を理解しようとすると、途方もない迷路に入り込むような気がする。

吉狄馬加は彝族であるという自己認識を基底においた詩人である。そうした自己認識は、ともすれば衆と寡、大と小、明と暗、正統と異端、中央と僻地といった二律背反的な問題に収斂する危険を内包している。だが、この詩人の詩を読むと、そうした問題の所在を十分に認識し、ともすれば情念や事実の記号が表面に露出するだけで終ってしまう危険に対して、独自の文学的な解決をはかっていることがわかる。それは、涼山の厳しい自然を前にし、あるいは自己のよってたつ彝族特有の習慣や風俗に身をおいたときの述懐だけではなく、南アフリカのネルソン・マンデラ（一九一八―二〇一三）を語り（「二十世紀を振り返って」）、フランス植民地のマルティニーク島生まれのエメ・セゼール（一九一三―二〇〇八）に思いを寄せる（「我らの父の代」）ときも、注意深く周到に準備されている。

年老いた闘牛の心情を詠う「年老いた闘牛」「死んだ闘牛」は、かつての栄光と現実の滅びを対照させている。また、「売りに出された猟犬」ではリアルで非情な現実をえがいている。闘牛や猟犬に対する距離のとりかた、この詩人の対象に向かう視線は、農村の現実をリアルな筆で切り取った詩集『烙印』（一九三三年）で世に出た解放前の詩人臧克家（一九〇五―二〇〇四）の世界、たとえば「老馬」を思い出させる。個別の民族の固有のものの総体は、個別的であればあるほど、普遍的なものになるということだろうか。この詩人は自身の馴染んだ彝族の生活や風俗習慣、大涼山の自然に基づく現実を詠う詩をものする一方で、目の前の現実を忍耐強く凝視することにより、時間と空間を自在に移動する術を備えている。

トンボの黄金の羽は鳴り響く
太陽の輝く大空に
大地の山々に
男の額に
女の唇に
子どもの耳元に
トンボの黄金の羽は鳴り響く
東へ
西へ
黄色人の耳元へ
黒人の耳元へ
白色人の耳元へ
長江と黄河の上流へ
ミシシッピ河の下流へ
これが彝族の昔からの音
彝族の魂からでる音だ（「口弦をつくる老人」四）

こうしたイメージの跳躍は、涼山彝族自治州に生まれ育った詩人がやがて成都へ北京へ青海へと生活の拠点を移しながら獲得した思想のように、個別から普遍へ連なる道筋を確かなものにした結果にちがいない。それは往々にして、一見、直接的な内容の語句を並べることで完結するばあいがあり、その表現の直接性はときに危うさも内包しているようにおもえるときがある。たとえば、

これは一つの
この世界に対する、すべての種族に対する啓示である
これは美しい物語だ
願わくばこの物語がアフリカで
ボスニアで、ヘルツェゴビナで生まれてほしい（「振り返る鹿」）

と語る詩では、詩が詩ではなくなる一歩手前で踏みとどまっている。詩人の内部では彝族の詩人である自己から全世界に至る明瞭な道筋があり、さらに、全世界から彝族の詩人である個別の自己に還流する道程もあって、それは何人も疑えないといった自負があるからなのだろう。それは、「わたし—は—彝族—だ」と告白したときに、すでに用意されていたことでもあるはずだ。こうした往還の思想こそが詩人吉狄馬加を読み説くためのキーなのだとおもう。「振り返る鹿」でいえば、本文の前に置かれた狩人と鹿の童話的な挿話によって、事前に象徴性が用意され、具体的な固有名詞が単なる固有名詞ではなくなる作用を果たしている。

わたしは知らない
エルサレムの聖書の

最終章には何が書かれているのか

ではじまるイスラエルの詩人イエフダ・アミハイを詠う「絶望と希望の間で」や、

わたしは知らない
あなたが地球のどれほど遠い地に行ったかを
ただわたしは知っている
あなたはついにこの地に死んだことを

ではじまるチリの詩人パブロ・ネルーダを詠う「祖国」、あるいはまた

アイデンティティを失った人がいるが
わたしは失ってはいない
わたしの名は吉狄馬加だ
わたしは一族の名を諳んじている

ではじまるアラブの詩人ダルウィーシュを詠う「アイデンティティ」など、どれも彝族の詩人である吉狄馬加から全世界へ、そして同時に全世界から彝族の詩人吉狄馬加へと往還する詩の世界を形つくっている。その往還の過程は、一少数民族の詩人が全球化《グローバル》時代における人間性を求める行為の必然の過程で

もあるというべきである。

代表的な詩集に『人の詩』がある著名な詩人の緑原（一九二二―二〇〇九）に、以下のような吉狄馬加評がある。

「最も一般的なことこそ最も特殊であり、最も平凡なことこそ最も永久的であり、最も民族的なことこそ最も国際的である。（中略）その作品の深さと広さから見て、吉狄馬加は彝族に属しているだけではなく、中華民族に、さらに世界に属している。かれは中国語を用いて詩を書く人類の代弁者の一人である。かれは真の詩人なのだ。」（緑原「吉狄馬加：一人の真正な詩人」）

四　その他

吉狄馬加の詩集翻訳の話を提案されたとき、訳者の頭には、手持ちの現代中国詩のアンソロジーで見た少数民族らしいその名よりも、『亜洲週刊』の「北島、当局の招きで帰国」という記事のサブタイトルが強く記憶に残っていた（『亜洲週刊』二〇一一年八月二一日）。その記事には「祖国を出て二十余年の北島、初めて当局の招きで青海湖詩歌節に出席。中国作家協会主席鉄凝、青海宣伝部長吉狄馬加が北島の「帰国」のために奔走し、その功は大」とあった。吉狄馬加の署名による北島への招待状には「わたしは個人の名および青海省人民政府と中国詩歌学会を代表してこころより貴殿を招待します」と書かれてあった。当時、香港大学の教授職にあった北島はこの招待を受け、二〇一一年八月の第三回青海湖国際詩歌節に参加した。北島は一九八九年の六四天安門事件の前に国外に出て「漂泊」すること二〇年以上、この間、計三回、父親の見舞いと葬儀に参列のため帰国した際は常に当局の監視を受けていた。だが、この詩歌祭参加のときの北島は「一人の詩人として」招待され、いかなる付帯条件もつかないものだった。北島は北京で旧知の欧陽江河（一九五六年〜　）らと北京郊外にある七九八芸術区に行ったあと西寧に飛び、青海湖国際詩歌節に出席し「翻訳と母語」と題する講演をおこなったのだった。（『古老の敵意』二〇一二年、Oxford University Press 所収）

多忙な日々をおくっている吉狄馬加だが、本書の冒頭に訳出した「日本の読者に」を寄せてくれた。そこで述べられているように、訳者は二〇一五年十一月末、詩人の生まれ育った涼山彝族自治州に足を踏み入れる機会を得た。「日本の読者に」のなかの訳者に対する過分な評価は、この詩人独特のこころ温かい気配りに基づいており、面映ゆいばかりだ。訳者は涼山彝族自治州に三日ほど滞在したにすぎず、彝族の伝統的文化や風習の一端がこれで理解できたなどというつもりはない。ただ、三〇〇〇メートル近い吉狄馬加の故郷で得た体験は、何ものにも替えがたい貴重なものだった。一言でいえば、滞在中ずっと、過酷な自然と共存する民族の膂力のような存在感を感じ続けたとでもいえようか。土間に座り込み、ソバで作られたパンと骨付きの豚肉の塊、それに大きな鍋にドンと盛られた蒸かしたジャガイモと菜っ葉のスープを食べた食事は特に忘れがたいものだった。彝族はハシを使わず、木製の杓子で食べる。共有の取りハシならぬ取り杓子などはもちろんない。中国はハシの文化であり、東アジアはハシ文化圏と思い込んでいた訳者は、如何に表面的な知識で満足していたかを思い知らされた。また、本書の「口弦を作る老人」などで詠われている口弦とよばれる民族楽器の音色を実際に聴くことができたことも忘れがたい。一見何の加工もしていない金属片を唇に当て、繊細な手の指を巧みに操作し、時に喜びを、時に哀しみを表現する独特な音色を延々と醸し出す。それは上質な口笛のようでいて金属的であり、金属的のようでいて極めて人間的な温かみのあるものだった。彝族はこの簡単な楽器で、自然をうたい、愛を賛美し、別れを惜しむのだという。

本書には数点の絵が収録してあるが、どれも吉狄馬加自身の手によるものである。一見して幼児の描く絵のように見えるが、よく見ると極めて味わいのある絵であることがわかる。これは彝族の伝統的な絵画の世界そのものである。

ここでは、詩人がその中で採録している「日本に寄せるわたしの哀しみ」について触れておきたい。二〇一一年三月一一日の東日本大地震とそれに伴う原発事故の衝撃が世界を駆け巡ったときに、その衝撃を受けた心情を中国の代表的な新聞『人民日報』紙に発表した詩人がいたのである。詩人は「この作品は発表後、とても広範囲の反響をよび、もちろんそのなかには異なった視点からの熱い議論もあった」と淡々と述べるだけだが、中国のネット界では喧しい反響があった。二〇一〇年九月の中国漁船と海上保安庁船の衝突事件から半年後の日中関係が特に微妙な時期にあたっていたせいもあったのかもしれない。「中国から出て行け」などの誹謗中傷が続き、吉狄馬加は「漢奸」(売国奴)に祭り上げられるほどの激しさとなった。だが、詩人が言うように「普遍的な人類の感情」は時間という自然を経て必ず本来の姿を表すものだと、訳者も信じている。なお、この詩は二〇一一年八月一日発行の『ゲー

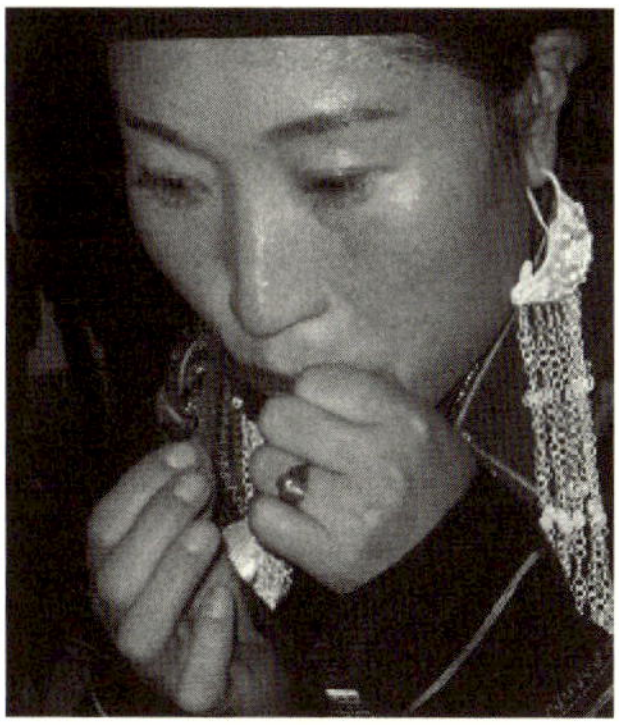

口弦を吹く女
訳者撮影

サンメド』第三六号に烏里烏沙訳がある。

「日本の読者へ」にあるように、吉狄馬加は二〇〇六年、青海省に赴任した直後の六月四日から一週間、文聯の代表団として訪日したことがあり、市川市須和田にある郭沫若記念館と同中山にある東山魁夷記念館を参観したあと、京都と奈良を訪れている。郭沫若（一八九二年―一九七八年）が一九二八年二月、官憲に追われて日本に亡命して須和田に居をかまえ、一九三七年の盧溝橋事件（七七事件）のさい日本人の妻子をのこして秘かに中国に渡った事実を、詩人は確かめこころに留めたかったのだろう。また、東山魁夷（一九〇八年―一九九九年）は中国でもよく知られた日本画家であり、一九七二年九月の田中角栄（一九一八―一九九三）訪中のさい、東山魁夷の「春暁」が毛沢東（一八九三年―一九七六年）に贈られたことは記憶に新しい。

『身份―Identity』の翻訳を始めてから、訳者のもとに、「わたし、雪ヒョウ…」の原稿が、さらに「マヤコフスキーに」の原稿が送られてきた。「わたし、雪ヒョウ…」は、『人民文学』二〇一四年第五期に掲載され、二〇一四年度の人民文学賞詩歌部門の受賞作である。「マヤコフスキーに」も、一筋縄ではいかない内容の深さがある作品とおもえるので、いつか訳出の機会があればとおもっている。

翻訳のさい、あきらかに彝語の音を漢字で表しているとおもわれる語がいくつもあった。訳者は彝語を解さない。現代中国人が読むばあいを考え、現代中国語の標準的な発音のルビをふることにした。また、訳語については、梅丹理訳の英語版『Words of Fire　火焰と詞語―吉狄馬加詩集』（外語教学与研究出版社、二〇一三年）を参照したところがある。

訳者のもとにこの吉狄馬加の詩集翻訳の話を紹介してくれたのは、旧知の友人の中央大学教授の飯塚容氏である。また、彝族に関して貴重な資料と情報を提供してくれたのは、これも旧知の友人の麗澤大学教授の金丸良子氏である。ここにこころからお二人に感謝の意を表します。

本書の翻訳は二〇一六年夏までに終わっていたが、種々の事情により出版にこぎつけるまで、大幅に遅れることになってしまった。二〇一六年夏の出版を約束していた吉狄馬加氏には切にご寛恕をお願いいたします。また、幾多の面倒を厭わず出版までみて頂いた思潮社の小田康之氏にもこころより感謝いたします。

二〇一六年七月

二〇一八年三月　改稿

アイデンティティ

著者
吉《チー》狄《ティー》馬《マー》加《チア》
訳者
渡辺新一
発行者
小田久郎
発行所
株式会社思潮社
〒一六二―〇八四二　東京都新宿区市谷砂土原町三―十五
電話〇三（三二六七）八一五三（営業）・八一四一（編集）
FAX〇三（三二六七）八一四二
印刷
三報社印刷株式会社
製本
小高製本工業株式会社
発行日
二〇一八年十月三十一日